中国古典
诗词品汇

CHŌNGWENGUĂN

楚辞品汇

方铭 于静 撰

长江出版传媒

崇文书局

图书在版编目（CIP）数据

楚辞品汇 / 方铭，于静撰 . -- 武汉 ：崇文书局，
2024.6
（中国古典诗词品汇）
ISBN 978-7-5403-7596-6

Ⅰ . ①楚… Ⅱ . ①方… ②于… Ⅲ . ①楚辞－诗歌欣
赏 Ⅳ . ① I207.223

中国国家版本馆 CIP 数据核字（2024）第 084344 号

出 品 人　韩　敏
责任编辑　周　阳
封面设计　甘淑媛
责任校对　董　颖
责任印制　李佳超

楚辞品汇
CHUCI PINHUI

出版发行　 长江出版传媒 崇 文 书 局
地　　址　武汉市雄楚大街 268 号 C 座 11 层
电　　话　（027）87677133　邮政编码　430070
印　　刷　湖北新华印务有限公司
开　　本　880 mm×1230 mm　　1/32
印　　张　7.375
字　　数　186 千
版　　次　2024 年 6 月第 1 版
印　　次　2024 年 6 月第 1 次印刷
定　　价　40.00 元

（如发现印装质量问题，影响阅读，由本社负责调换）

前　言

　　《楚辞》是与屈原的名字联系在一起的。屈原在被谗放逐过程中，曾创作了大量诗篇，表现自己眷顾楚国、心系怀王之忠君之情，希望能以此感悟君主。这些作品，加上宋玉、景差及汉朝其他一些作家的作品，被西汉时期的刘向辑为《楚辞》。今本《楚辞》还加进了刘向以后《楚辞章句》的作者王逸的一篇作品。《汉书·艺文志·诗赋略》开首即列屈原赋二十五篇，又说宋玉赋十六篇。今本《楚辞》所录，包括了屈原的全部二十五篇作品，宋玉的作品却只收录了《九辩》《招魂》两篇。贾谊、淮南小山、庄忌、东方朔、王褒等人也只有一篇作品入选，而且这些入选作品都是体现悯怀屈原此一主题的，因此，虽然《楚辞》并不是屈原一人的作品集，但屈原却是《楚辞》的灵魂。

　　《汉书·艺文志》关于屈原作品数量之根据，来自刘向父子的《七略》，《七略》的根据是刘向所编《楚辞》，而王逸《楚辞章句》所依据的，也正是刘向所编《楚辞》。因此可以说，《汉书·艺文志》之"屈原赋二十五篇"，即王逸《楚辞章句》所载，包括《离骚》一篇、《九歌》十一篇、《天问》一篇、《九章》九篇、《远游》一篇、《卜居》一篇、《渔父》一篇。《大招》的作者不能肯定，不在二十五篇之数。编辑《楚辞》的标准，《楚辞章句·九辩序》说："宋玉者，屈原弟子也，闵惜其师忠而被放，故作《九辩》以述其志。至于汉兴，刘向、王褒之徒，咸悲其文，依而作词，故号为《楚辞》。"即《楚辞》一书的成名，在于该书所收作品，或者是楚人屈原的作品，或者是自宋玉至刘向、王褒等后代作家因悲屈原之志，依屈原之文而假托的作品，即《楚辞》中宋玉《九辩》《招魂》以下的作品都是宋玉等人假托屈原所作。正因如此，如贾谊的《吊屈原赋》、扬雄的《反离骚》，缺少假托的前提，所以不能收入《楚辞》。这样看来，实际上"楚辞"是屈原及假托屈原的作品全集的名称。

屈原是楚国人，屈原自己所写以及假托屈原的作品，都有深深的"楚"地域文化烙印，宋人黄伯思《新校楚辞序》指出："盖屈宋诸骚，皆书楚语，作楚声，纪楚地，名楚物，故可谓之'楚辞'。"实际上不仅仅是屈原和宋玉等楚人的作品如此，就连可能是贾谊所写的《惜誓》、淮南小山的《招隐士》、东方朔的《七谏》、庄忌的《哀时命》、王褒的《九怀》、刘向的《九叹》、王逸的《九思》等汉朝人的作品，由于受假托体例的制约，也必须以楚语、楚声、楚地、楚物为表达手段或表达内容，只是有的人做得好，有的人做得不太好而已。

"楚辞"即楚国的诗。楚辞得名，应该早于《楚辞》成书。"楚辞"被称为"辞"，而不以"诗"命名，一方面是因为在《诗经》成书以后，在很长一段时间内，"诗"仍然是《诗经》这本书的专利；另一方面，"诗""辞"意义相通，《毛诗序》说："诗者，志之所之也，在心为志，发言为诗。"《说文解字》说："辞，说也。"诗为言，辞也是言。所以，《楚辞》就是"楚诗""楚歌"。实际上，《楚辞》中如《九歌》，原来就以"巫歌"的形式存在于屈原之前。《九歌》本来不过是楚国"巫歌"，所以，即使经过屈原的整理，它仍然应该属于"巫歌"。另外，像《孺子歌》《越人歌》这样的"楚歌"也是《楚辞》学习的典范。见于《孟子·离娄上》的《孺子歌》说："沧浪之水清兮，可以濯吾缨；

沧浪之水浊兮，可以濯吾足。"《楚辞·渔父》抄袭其辞。见于刘向《说苑·善说》的《越人歌》说："今夕何夕兮，搴舟中流。今日何日兮，得与王子同舟。蒙羞被好兮，不訾诟耻。心几烦而不绝兮，得知王子。山有木兮木有枝，心说君兮君不知。"其形式与《楚辞》并无二致。

刘勰《文心雕龙·辨骚》说《楚辞》"情兼雅怨，文极声貌"，"故能气往轹古，辞来切今，惊采绝艳，难与并能矣"，屈原及其作品影响深远，是后代学习的典范，"故才高者菀其鸿裁，中巧者猎其艳辞，吟讽者衔其山川，童蒙者拾其香草。若能凭轼以倚雅颂，悬辔以驭楚篇，酌奇而不失其贞，玩华而不坠其实，则顾盼可以驱辞力，欬唾可以穷文致"。这是说学习者如果仅仅从楚辞中学到艳辞，山川、香草之"奇"之"华"，这不过是掌握了《楚辞》之末，而《楚辞》之本在于"鸿裁"，即其"贞（正）"与"实"。《楚辞》忠实地继承了《诗经》的风雅传统，表现出的崇高精神境界和高尚人文情怀，是屈原及楚辞价值的真正所在。也正因此，屈原及楚辞才有历久弥新的生命力。

屈原是一位具有正道直行的人生态度的人。《史记·屈原贾生列传》说屈原"正道直行"，而屈原在《离骚》中也说他父亲以"正则"给他命名，就说明他父亲希望他把"正道直行"当作自己的处世原则。屈原的作品中，展示的是一个正直君子蒙受不白之冤以及他勇敢抗争的过程。而"正""直"二字，也出现在《离骚》之中："跪敷衽以陈辞兮，耿吾既得此中正。""屈心而抑志兮，忍尤而攘诟。伏清白以死直兮，固前圣之所厚。"同样，"正""直"二字也见于屈原的其他作品，如《九章·涉江》曰："苟余心其端直兮，虽僻远之何伤！"《九章·抽思》曰："何灵魂之信直兮，人之心不与吾心同！"《远游》曰："内惟省以端操兮，求正气之所由。"这里"端操"的"端"，也是"正"的意思。而《卜居》则直接用了"正直"一词："宁正言不讳，以危身乎？将从俗富贵，以媮生乎？宁超然高举，以保真乎？将哫訾栗斯，喔咿儒儿，以事妇人乎？宁廉洁正直，以自清乎？将突梯滑稽，如脂如韦，以絜楹乎？"可以看出，屈原对他自己所具有的"清白""正直""信直""端直""端操""正气"是充满信心的，也坚信自己的正直就是"中正"之道。

屈原是一位具有忧国忧民的家国情怀的人。《离骚》说："岂余身之惮殃兮，恐皇舆之败绩。忽奔走以先后兮，及前王之踵武。"类似的意思在《九章》等其他诗篇中也常有阐述，如《九章·惜往日》说："奉先功以照下兮，明法度之嫌疑。国富强而法立兮，属贞臣而日娭。"屈原的忧国忧民，体现了他深沉的爱国主义情怀，同时，也是以传承先圣道统为基础的。

屈原是一位具有追求美政的坚定理想的人。《离骚》说："既莫足与为美政兮，吾将从彭咸之所居！"屈原说的"美政"，就是善政。《离骚》曰："昔三后之纯粹兮，固众芳之所在。""彼尧、舜之耿介兮，既遵道而得路。""汤、禹俨而祗敬兮，周论道而莫差。举贤才而授能兮，循绳墨而不颇。皇天无私阿兮，览民德焉错辅。"屈原的美政，就是实行尧、舜、禹、汤、文、武、周公之道，这也是孔子及原始儒家提倡的德治政治的核心内容。

屈原是一位具有九死不悔的底线意识的人，面对挫折，绝不退缩；面对诱惑，决不妥协。《离骚》曰："余固知謇謇之为患兮，忍而不能舍也。""忽驰骛以追逐兮，非余心之所急。""亦余心之所善兮，虽九死其犹未悔。""民生各有所乐兮，余独好修以为常。虽体解吾犹未变兮，岂余心之可惩。""夫孰非义而可用兮，孰非善而可服。阽余身而危死兮，览余初其犹未悔。"对于屈原来说，受重用则正道直行，坚持理想，忧心百姓；被放流也坚持底线，毫不动摇。

刘勰的《文心雕龙·辨骚》说屈原的《离骚》"固已轩翥诗人之后，奋飞辞家之前，岂去圣之未远，而楚人之多才乎"。又说："固知《楚辞》者，体慢于三代，而风雅于战国，乃雅、颂之博徒，而词赋之英杰也。"近人研究《文心雕龙》，以唐写本和元本为根据，把"体慢于三代，而风雅于战国"改为"体宪于三代，而风杂于战国"，实际是背离了传世本《文心雕龙》所表达的意思。"慢"即"萌"，刘勰认为楚辞作为一种新的诗体，与出现于商周之时的《诗经》是一脉相承的，而屈原作品的精神境界，在战国时期是最接近于孔子及六经精神的。刘勰这个认识无疑是准确的。

承蒙崇文书局盛情，希望我能撰写一本《楚辞品汇》，为喜好屈原及《楚辞》的朋友提供一点阅读的方便。对于我来说，这是一件非常荣幸的事情，因此，不揣固陋，请我的博士研究生于静根据我过去的教学讲义及有关著作，选编了《楚辞》中最重要的战国时期楚国作家屈原、宋玉等人的作品，并按照出版社要求的体例，作了注释和评析。

该书在撰写过程中，参考了先哲时彦的相关研究成果，由于体例所限，不能一一标注，还请谅解。

方铭

目　　录

离　骚

屈原

帝高阳之苗裔兮，^① 朕皇考曰伯庸。^②
摄提贞于孟陬兮，^③ 惟庚寅吾以降。^④

皇览揆余初度兮，^⑤ 肇锡余以嘉名：^⑥
名余曰正则兮，字余曰灵均。

纷吾既有此内美兮，^⑦ 又重之以修能。
扈江离与辟芷兮，^⑧ 纫秋兰以为佩。^⑨

汩余若将不及兮，^⑩ 恐年岁之不吾与。
朝搴阰之木兰兮，^⑪ 夕揽洲之宿莽。^⑫

日月忽其不淹兮，春与秋其代序。
惟草木之零落兮，恐美人之迟暮。

不抚壮而弃秽兮，^⑬ 何不改乎此度？
乘骐骥以驰骋兮，来吾道夫先路！^⑭

昔三后之纯粹兮，^⑮ 固众芳之所在。
杂申椒与菌桂兮，^⑯ 岂维纫夫蕙茝！

彼尧、舜之耿介兮，^⑰既遵道而得路。
何桀、纣之猖披兮，^⑱夫唯捷径以窘步。^⑲

惟党人之偷乐兮，^⑳路幽昧以险隘。
岂余身之惮殃兮，^㉑恐皇舆之败绩！^㉒

忽奔走以先后兮，及前王之踵武。^㉓
荃不揆余之中情兮，^㉔反信谗而齌怒。^㉕

余固知謇謇之为患兮，^㉖忍而不能舍也。
指九天以为正兮，夫唯灵修之故也。^㉗

曰黄昏以为期兮，羌中道而改路！

初既与余成言兮，后悔遁而有他。
余既不难夫离别兮，伤灵修之数化。^㉘

余既滋兰之九畹兮，^㉙又树蕙之百亩。
畦留夷与揭车兮，^㉚杂杜衡与芳芷。

冀枝叶之峻茂兮，^㉛愿俟时乎吾将刈。^㉜
虽萎绝其亦何伤兮，^㉝哀众芳之芜秽。

众皆竞进以贪婪兮，^㉞凭不厌乎求索。^㉟
羌内恕己以量人兮，^㊱各兴心而嫉妒。

忽驰骛以追逐兮，非余心之所急。
老冉冉其将至兮，㊲ 恐修名之不立。㊳

朝饮木兰之坠露兮，夕餐秋菊之落英。㊴
苟余情其信姱以练要兮，㊵ 长顑颔亦何伤。㊶

擥木根以结茝兮，㊷ 贯薜荔之落蕊。㊸
矫菌桂以纫蕙兮，㊹ 索胡绳之纚纚。㊺

謇吾法夫前修兮，㊻ 非世俗之所服。㊼
虽不周于今之人兮，㊽ 愿依彭咸之遗则。㊾

长太息以掩涕兮，㊿ 哀民生之多艰。
余虽好修姱以鞿羁兮，(51) 謇朝谇而夕替。(52)

既替余以蕙纕兮，(53) 又申之以揽茝。(54)
亦余心之所善兮，虽九死其犹未悔。

怨灵修之浩荡兮，(55) 终不察夫民心。
众女嫉余之蛾眉兮，谣诼谓余以善淫。(56)

固时俗之工巧兮，(57) 偭规矩而改错。(58)
背绳墨以追曲兮，(59) 竞周容以为度。(60)

忳郁邑余侘傺兮，(61) 吾独穷困乎此时也。
宁溘死以流亡兮，(62) 余不忍为此态也。

鸷鸟之不群兮，^⑥自前世而固然。
何方圜之能周兮，夫孰异道而相安？

屈心而抑志兮，^⑥忍尤而攘诟。^⑥
伏清白以死直兮，^⑥固前圣之所厚。^⑥

悔相道之不察兮，^⑥延伫乎吾将反。^⑥
回朕车以复路兮，及行迷之未远。^⑦

步余马于兰皋兮，^⑦驰椒丘且焉止息。^⑦
进不入以离尤兮，^⑦退将复修吾初服。

制芰荷以为衣兮，集芙蓉以为裳。
不吾知其亦已兮，^⑦苟余情其信芳。^⑦

高余冠之岌岌兮，^⑦长余佩之陆离。^⑦
芳与泽其杂糅兮，^⑦唯昭质其犹未亏。^⑦

忽反顾以游目兮，^⑧将往观乎四荒。^⑧
佩缤纷其繁饰兮，^⑧芳菲菲其弥章。^⑧

民生各有所乐兮，余独好修以为常。
虽体解吾犹未变兮，^⑧岂余心之可惩。^⑧

女媭之婵媛兮，^⑧申申其詈予，^⑧

4

曰："鲧婞直以亡身兮,⑧⑧ 终然夭乎羽之野。⑧⑨

汝何博謇而好修兮,⑨⓪ 纷独有此姱节?
薋菉葹以盈室兮,⑨① 判独离而不服。⑨②

众不可户说兮,⑨③ 孰云察余之中情?
世并举而好朋兮,⑨④ 夫何茕独而不予听?"⑨⑤

依前圣以节中兮,⑨⑥ 喟凭心而历兹。⑨⑦
济沅、湘以南征兮,⑨⑧ 就重华而陈词。⑨⑨

启《九辩》与《九歌》兮,⑩⑩ 夏康娱以自纵。⑩①
不顾难以图后兮,⑩② 五子用失乎家巷。⑩③

羿淫游以佚畋兮,⑩④ 又好射夫封狐。⑩⑤
固乱流其鲜终兮,⑩⑥ 浞又贪夫厥家。⑩⑦

浇身被服强圉兮,⑩⑧ 纵欲而不忍。
日康娱而自忘兮,⑩⑨ 厥首用夫颠陨。⑪⑩

夏桀之常违兮,⑪① 乃遂焉而逢殃。⑪②
后辛之菹醢兮,⑪③ 殷宗用而不长。⑪④

汤、禹俨而祗敬兮,⑪⑤ 周论道而莫差。⑪⑥
举贤才而授能兮,⑪⑦ 循绳墨而不颇。⑪⑧

皇天无私阿兮，^⑲览民德焉错辅。^⑳
夫维圣哲以茂行兮，^㉑苟得用此下土。^㉒

瞻前而顾后兮，相观民之计极。^㉓
夫孰非义而可用兮？孰非善而可服？

阽余身而危死兮，^㉔览余初其犹未悔。^㉕
不量凿而正枘兮，^㉖固前修以菹醢。

曾歔欷余郁邑兮，^㉗哀朕时之不当。^㉘
揽茹蕙以掩涕兮，沾余襟之浪浪。^㉙

跪敷衽以陈辞兮，^㉚耿吾既得此中正。^㉛
驷玉虬以乘鹥兮，^㉜溘埃风余上征。^㉝

朝发轫于苍梧兮，^㉞夕余至乎县圃。^㉟
欲少留此灵琐兮，^㊱日忽忽其将暮。^㊲

吾令羲和弭节兮，^㊳望崦嵫而勿迫。^㊴
路曼曼其修远兮，^㊵吾将上下而求索。^㊶

饮余马于咸池兮，^㊷总余辔乎扶桑。^㊸
折若木以拂日兮，^㊹聊逍遥以相羊。^㊺

前望舒使先驱兮，^㊻后飞廉使奔属。^㊼
鸾皇为余先戒兮，^㊽雷师告余以未具。^㊾

吾令凤鸟飞腾兮，继之以日夜。
飘风屯其相离兮，^⑩帅云霓而来御。

纷总总其离合兮，^⑪斑陆离其上下。^⑫
吾令帝阍开关兮，^⑬倚阊阖而望予。^⑭

时暧暧其将罢兮，^⑮结幽兰而延伫。
世溷浊而不分兮，^⑯好蔽美而嫉妒。

朝吾将济于白水兮，^⑰登阆风而绁马。^⑱
忽反顾以流涕兮，哀高丘之无女。^⑲

溘吾游此春宫兮，^⑳折琼枝以继佩。^㉑
及荣华之未落兮，^㉒相下女之可诒。^㉓

吾令丰隆乘云兮，^㉔求宓妃之所在。^㉕
解佩纕以结言兮，^㉖吾令蹇修以为理。^㉗

纷总总其离合兮，忽纬繣其难迁。^㉘
夕归次于穷石兮，^㉙朝濯发乎洧盘。^㉚

保厥美以骄傲兮，^㉛日康娱以淫游。^㉜
虽信美而无礼兮，来违弃而改求。

览相观于四极兮，^㉝周流乎天余乃下。

望瑶台之偃蹇兮，^⑭见有娀之佚女。^⑮

吾令鸩为媒兮，^⑯鸩告余以不好。
雄鸩之鸣逝兮，余犹恶其佻巧。^⑰

心犹豫而狐疑兮，欲自适而不可。^⑱
凤皇既受诒兮，^⑲恐高辛之先我。^⑳

欲远集而无所止兮，^㉑聊浮游以逍遥。
及少康之未家兮，^㉒留有虞之二姚。^㉓

理弱而媒拙兮，^㉔恐导言之不固。^㉕
世溷浊而嫉贤兮，好蔽美而称恶。

闺中既以邃远兮，哲王又不寤。^㉖
怀朕情而不发兮，^㉗余焉能忍而与此终古？

索藑茅以筳篿兮，^㉘命灵氛为余占之。^㉙

曰："两美其必合兮，孰信修而慕之？^㉚
思九州之博大兮，岂惟是其有女？"

曰："勉远逝而无狐疑兮，^㉛孰求美而释女？^㉜
何所独无芳草兮，尔何怀乎故宇？"

世幽昧以昡曜兮，^㉝孰云察余之善恶？

民好恶其不同兮，惟此党人其独异！

户服艾以盈要兮，^⑭谓幽兰其不可佩。
览察草木其犹未得兮，^⑮岂珵美之能当？^⑯

苏粪壤以充帏兮，^⑰谓申椒其不芳。
欲从灵氛之吉占兮，心犹豫而狐疑。

巫咸将夕降兮，^⑱怀椒糈而要之。^⑲
百神翳其备降兮，^⑳九嶷缤其并迎。

皇剡剡其扬灵兮，^㉑告余以吉故。

曰："勉升降以上下兮，求矩矱之所同。^㉒
汤、禹俨而求合兮，^㉓挚、咎繇而能调。^㉔

苟中情其好修兮，又何必用夫行媒？^㉕
说操筑于傅岩兮，^㉖武丁用而不疑。

吕望之鼓刀兮，^㉗遭周文而得举。
宁戚之讴歌兮，^㉘齐桓闻以该辅。^㉘

及年岁之未晏兮，^㉙时亦犹其未央。^㉚
恐鹈鴃之先鸣兮，^㉛使夫百草为之不芳。"

何琼佩之偃蹇兮，^㉜众薆然而蔽之。^㉝

惟此党人之不谅兮，㉕恐嫉妒而折之。㉖

时缤纷其变易兮，㉗又何可以淹留？㉘
兰芷变而不芳兮，荃蕙化而为茅。

何昔日之芳草兮，今直为此萧艾也？㉙
岂其有他故兮，莫好修之害也！

余以兰为可恃兮，㉚羌无实而容长。㉛
委厥美以从俗兮，㉜苟得列乎众芳。

椒专佞以慢慆兮，㉓樧又欲充夫佩帏。㉔
既干进而务入兮，㉕又何芳之能祗？㉖

固时俗之流从兮，㉗又孰能无变化？
览椒兰其若兹兮，又况揭车与江离？

惟兹佩之可贵兮，委厥美而历兹。
芳菲菲而难亏兮，芬至今犹未沫。㉘

和调度以自娱兮，㉙聊浮游而求女。㉚
及余饰之方壮兮，㉛周流观乎上下。

灵氛既告余以吉占兮，历吉日乎吾将行。㉜
折琼枝以为羞兮，㉝精琼麋以为粻。㉞

为余驾飞龙兮，杂瑶象以为车。㉟
何离心之可同兮？吾将远逝以自疏。㊱

遭吾道夫昆仑兮，㊲路修远以周流。
扬云霓之晻蔼兮，㊳鸣玉鸾之啾啾。㊳

朝发轫于天津兮，㊴夕余至乎西极。
凤皇翼其承旂兮，㊵高翱翔之翼翼。㊶

忽吾行此流沙兮，遵赤水而容与。㊷
麾蛟龙使梁津兮，㊸诏西皇使涉予。㊹

路修远以多艰兮，腾众车使径待。㊺
路不周以左转兮，㊻指西海以为期。㊼

屯余车其千乘兮，㊽齐玉轪而并驰。㊾
驾八龙之婉婉兮，㊿载云旗之委蛇。(52)

抑志而弭节兮，(53)神高驰之邈邈。(54)
奏《九歌》而舞《韶》兮，(55)聊假日以媮乐。(56)

陟升皇之赫戏兮，(57)忽临睨夫旧乡。(58)
仆夫悲余马怀兮，(59)蜷局顾而不行。(60)

乱曰：(61)
已矣哉！

11

国无人莫我知兮，^㉕又何怀乎故都！

既莫足与为美政兮，^㉖吾将从彭咸之所居！

【注释】

① 高阳：即帝颛顼，五帝之一。苗裔：远孙。

② 朕：我，屈原自称。"朕"本是古人自称，自秦代开始专为帝王自称。皇考：对故去父亲的尊称。

③ 摄提：即摄提格，寅年别名。贞：正当，正在。孟：开始。陬（zōu，音邹）：正月。

④ 降：降生。

⑤ 皇：即上文"皇考"的省称。览：观察。揆：揣度。初度：出生的年月时节。初，始。度，年月时节。

⑥ 肇：始，也有以为当"乃""于是"讲。锡：同"赐"。嘉：美、善。

⑦ 纷：繁盛的样子。内美：内在之美。

⑧ 扈（hù，音户）：披。江离、辟芷（pìzhǐ，音僻纸）：离、芷皆是香草名。离生于江中，芷生于幽僻之处，故曰江离、辟芷。

⑨ 纫：连结。佩：佩饰，古人的佩饰象征品德。

⑩ 汨（yù，音玉）：水流疾速的样子。

⑪ 搴（qiān，音千）：采，取。阰：山坡。木兰：乔木名。

⑫ 揽：采。宿莽：经冬不死的草，楚人称为宿莽。

⑬ 抚：凭据，持。壮：壮年。弃秽：丢弃恶性。

⑭ 道：引导。先路：意思如前驱。

⑮ 三后：三代之贤王。纯粹：至纯至美。

⑯ 杂：兼集，不同种类聚集在一起。申椒：申地产的花椒。花椒味香，申地所产的花椒尤其香烈。菌桂：一种香木。

⑰ 尧、舜：唐尧、虞舜，五帝中的两位，倡导天下为公之大同。耿

介：光明正大。

⑱桀纣：夏桀和商纣王，夏朝和商朝因为暴虐无道而亡国的君主。猖披：衣服不束带的样子，这里喻行为不自我约束。

⑲捷径：能快速到达的邪路。窘步：窘困难行。

⑳党人：指楚国朝中结党营私之人。偷乐：苟且享乐。

㉑惮殃：畏惧祸患。

㉒皇舆：指大车，代指国家。皇，大。败绩：车颠覆。

㉓及：追上。前王：泛指前代贤王，此处应是指以"三王"为代表的前代贤王。踵武：代指前王的事业。踵，脚跟；武，脚印。

㉔荃（quán，音全）：一种香草，喻指楚王。中情：内心的真情。

㉕齌（jì，音济）怒：疾怒。

㉖謇謇（jiǎn，音减）：此处指直言进谏而难以言出的样子。

㉗灵修：此处谓怀王。灵，神明；修，美。

㉘伤：痛惜。数化：多次变化。

㉙滋：此处意为种植。畹：十二亩为一畹。

㉚畦：田间划分的小区域。这里指分畦种植。留夷、揭车：均为香草名。

㉛冀：希望。峻茂：高大茂盛。

㉜俟（sì，音四）：等待。刈（yì，音义）：收割。

㉝萎：草木枯死。绝：凋落。

㉞竞进：争着求进，即钻营。贪婪：贪求不知道满足。

㉟凭：满，此处意为已经取得很多。不厌：不满足。求索：此处指钻营。

㊱羌：犹言何为。恕己以量（liáng，音良）人：以自己的心思去揣测度量别人的想法，此处当指以小人之心度君子之腹。

㊲冉冉：渐渐地。

㊳ 修名：美名。立：成。

㊴ 英：华，花。

㊵ 苟：如果，只要。信婞（kuā，音夸）：确实美好。信，确实；婞，大，盛美。练要：抓住重点。

㊶ 顑颔（kǎnhàn，音坎汉）：因饥饿而面色黄的样子。

㊷ 擥（lǎn，音揽）：持，采。木根：泛言香木之根。结：束结。

㊸ 贯：串起。薜（bì，音必）荔：一种香草。

㊹ 矫：举持。

㊺ 索：此处指以手搓绳。胡绳：香草名。纚纚（xǐ，音喜）：修长美丽的样子。

㊻ 謇：发语词。法：效仿。前修：谓前代贤人。

㊼ 服：被服，佩带。

㊽ 周：合。

㊾ 彭咸：人名，具体事迹失考。遗则：遗留的法则。

㊿ 长（cháng，音常）：长长地。太息：叹息。掩涕：抹擦眼泪。

51 靰羁（jījī，音击击）：马缰绳和马络头。此处诗人以马自喻，说自己自律很严，不放纵自己。

52 谇（suì，音岁）：进谏。替：废。

53 蕙纕：填充蕙的香囊。

54 申：重。

55 怨：恨。浩荡：本意指水面宽阔，此处指心思不着边际。

56 谣诼（zhuó，音浊）：造谣中伤。

57 时俗：当时的社会风气。工巧：工于取巧。

58 偭（miǎn，音免）：面向，训为"向"或"背"，皆可通。规矩：圆曰规，方曰矩，比喻法则。改错：改变措施或安排。改，更改。"错"通"措"。

14

(59) 背：违背。绳墨：木工墨斗上装有墨绳来取直，喻指法度。追曲：随意弯曲没有定则。追，随也。

(60) 竞：争。周容：此处指追随世俗以取悦他人。度：常规或法度。

(61) 忳（tún，音屯）：忧郁烦闷不得排解。郁邑：烦闷之意。侘傺（chàchì，音差赤）：失意怅然，无所适从的样子。

(62) 宁（nìng，音佞）：宁可，宁愿。溘（kè，音克），突然。流亡：流放以死。

(63) 鸷鸟：猛禽，如鹰、隼之类。诗人自喻，取鸷鸟威猛，有凌云壮志之意。不群：不屑与众鸟为伍。

(64) 抑：抑制，压抑。

(65) 尤：罪过。攘诟：忍受外加的耻辱。

(66) 伏：保持。死直：因直道而死。

(67) 厚：重，看重。

(68) 相道：审视选择道路。相，审视，判断。察：明审，明察。

(69) 延伫（zhù，音住）：引颈伫立。延，引，伸长（脖子）；伫，长立。反：同“返”，返回。

(70) 行迷：即走上令人迷惑的道路。

(71) 步：徐行，慢慢走。兰皋：生有兰草的岸边。

(72) 椒丘：长有椒的山丘。

(73) 进：进仕途。入：容纳，此处作被容纳讲。离：同“罹”，遭受。尤：罪过。

(74) 不吾知：不知吾，不了解我。其亦已：那也就罢了吧。

(75) 苟：诚也。信：的确，确实。芳：芳香。

(76) 高余冠：使我的帽子高高的，指戴高帽子。岌岌（jí，音急）：高高的样子。

(77) 长余佩：使我的佩饰长长的，指佩长佩。陆离：形容长长的样子。

⑦⑧ 芳与泽：芳香与水泽。此处指芙蓉生于水中，出淤泥而不污。糅：错杂。

⑦⑨ 唯：独，唯独。昭质：光明之质，美质。犹：尚且，仍然。未亏：未缺少。

⑧⓪ 反顾：回头看。游目：四处望。

⑧① 四荒：指四方很远的地方。荒，远也。

⑧② 缤纷：盛貌，多貌。繁饰：众多的饰物。

⑧③ 芳菲菲：香气浓。弥章：更加明显。

⑧④ 体解：肢解，古代一种酷刑。

⑧⑤ 惩：惩罚。此处指因受惩罚而改变。

⑧⑥ 女媭（xū，音须）：一说为楚人妇女的通称。有以女媭为诗人的姐妹、侍女或者女巫的。婵媛：为"啴咺"的假借。此处指情绪激动而说话喘息急促的样子。

⑧⑦ 申申：此处指再三反复说。詈（lì，音力）予：责骂我。

⑧⑧ 曰：说，主语是女媭。鲧（gǔn，音滚）：尧之臣，治水失败，被舜杀于羽山之野。婞直：刚直，倔强。

⑧⑨ 终然：最终。夭（yāo，音腰）：早死。羽之野：羽山的郊野。

⑨⓪ 汝：指屈原。博謇：知无不言。

⑨① 薋（cí，音词）：草多，这里意为把草聚在一起。菉葹（lùshī，音路师）：均为杂草名。盈：满也。

⑨② 判：区别。离：舍弃。服：被服，佩戴。

⑨③ 众：众人。户说（shuì，音睡）：挨家挨户去说明。

⑨④ 世并举：意思为举世。好朋：喜欢结为朋党。

⑨⑤ 茕（qióng，音穷）：孤单的样子。不予听：也就是"不听余"，不听我的观点。当是女媭的话。

⑨⑥ 依：依照，遵照。前圣：古圣贤，前代圣贤。节中：犹言折中，衡

量。在这里是说依前圣为标准来衡量判断。

⑨ 喟（kuì，音溃）：叹息。凭心：犹言满心愤懑。历兹：到现在。

⑱ 济：渡，渡过。沅（yuán，音元）、湘：沅水和湘水，均在今湖南境内。南征：南行。

⑲ 就：往。重华：舜名重华。陈词：陈说。陈，列举之意。

⑩ 启：禹的儿子。《九辩》《九歌》：古乐曲名，传说启将其从天上偷到人间。

⑩ 夏：夏朝，指夏后启。康娱：康娱连文，享乐的意思。自纵：自我放纵，不加约束。

⑩ 顾难：考虑灾难。图后：为日后打算。

⑩ 五子：启的儿子五观。用：因。失乎家巷：指失其所居。

⑩ 羿（yì，音义）：夏时有穷氏部落的首领，与传说中射日的后羿非一人。淫游：无节制地闲游。淫，过也。佚畋：恣意畋猎。

⑩ 封狐：大狐。

⑩ 乱流：乱逆之辈。鲜终：少有善终，少有好下场。

⑩ 浞（zhuó，音浊）：寒浞，羿的相，使羿的家臣射杀了羿，占有羿妻。贪：贪取，贪图。厥家：他的家室，羿的妻子。

⑩ 浇（ào，音傲）：寒浞之子。被服：此处犹言依仗。强圉（yù，音玉）：力大。

⑩ 日：天天。自忘：忘记自身危险，也即这样做的后果。

⑩ 厥：其也。首：头。用夫：因此。颠陨：坠落。

⑪ 夏桀：夏亡国之君，残暴。常违：违常，指做违背天道之事。

⑫ 遂焉：终于。逢殃：遭受灾祸。

⑬ 后辛：殷纣王。后，王。辛为纣的名。菹醢（zūhǎi，音租海）：把人剁成肉酱。指纣王残害大臣。

⑭ 殷宗：殷王朝。

17

⑮ 俨：庄重恭敬。祗敬：敬重，不放纵。祗，敬。

⑯ 周：周室。论道：讨论治国之道。道，治世之道。莫差：没有差失。

⑰ 举贤：推举贤才。授能：犹言用能，任用有才能之人。

⑱ 循：遵循。不颇：公正，不偏颇。

⑲ 私阿：偏爱，偏私。

⑳ 错辅：采取措施辅佐。指皇天会采取措施辅佐人君有德者。错，同"措"，采取措施。辅，辅佐。

㉑ 夫维：发语词。圣哲：圣明。茂行：美好的德行。

㉒ 苟得：乃得。用：享有。下土：天下。

㉓ 相观：审视，仔细观察。计极：极计，犹言极则。

㉔ 阽：面临危险。危死：濒临死亡。

㉕ 初：当初的志向。

㉖ 量：度量。凿：器物上的孔眼，是容纳枘（榫头）的。正：修正。枘：插入凿孔的榫头。

㉗ 曾（zēng，音增）：累次，一次次。歔欷（xūxī，音须西）：悲泣抽噎的声音。郁邑：忧郁。

㉘ 时之不当：不当时，没遇到好时候。当，遇。

㉙ 襟：古代指衣的交领。浪浪：流泪多的样子。

㉚ 敷：铺开。衽：衣前面的部分，衣服的前襟。

㉛ 耿：光明。中正：即中正之道。

㉜ 驷：四匹马拉车，这里做动词用，驾。虬：一种龙，没有角。鹥（yì，音义）：凤凰的别名。

㉝ 溘（kè，音克）：突然。埃风：卷起尘土的风。

㉞ 发轫（rèn，音认）：出发，启程。轫，防止车轮转动的木头。苍梧：苍梧山，相传舜葬于苍梧山。

⑬ 县（xuán，音旋）圃：悬圃，神山，在昆仑山上。

⑬ 少：稍稍。灵琐：神灵处所的大门。灵，神。琐，门上镂空的花纹，形状像连琐。

⑬ 忽忽：时间快速飞逝的样子。

⑬ 羲和：神话中为太阳驾车的神。弭节：按节徐步慢行。

⑬ 崦嵫（yānzī，音焉姿）：传说太阳落下的地方。迫：近，靠近。

⑭ 曼曼：遥远的样子。修：长。

⑭ 求索：寻求，探索。

⑭ 饮（yìn，音印）：给人或牲畜喝水。咸池：神话传说中太阳升起前沐浴的地方。

⑭ 扶桑：神话传说中的神树，太阳登上扶桑而后开始行程。

⑭ 若木：神话传说中的神树，长在西方日落之处。拂：拂拭。

⑭ 聊：暂且，姑且。相羊：安闲自在游走，从容游玩的样子。

⑭ 望舒：神话传说中给月亮驾车的神。先驱：前驱，在前导路。

⑭ 飞廉：神话传说中的风神。奔属（zhǔ，音主）：紧紧相随。

⑭ 鸾皇：凤凰之类的神鸟。先戒：在前方警戒，犹言前驱。

⑭ 雷师：雷神。未具：还没有齐备。

⑮ 飘风：旋风。屯：聚。离：丽，附着。

⑮ 纷总总：纷繁众多的样子。纷，繁盛的样子。总总，众多的样子。离合：乍离乍合。

⑮ 斑：色彩错杂的样子。

⑮ 帝：天帝。阍（hūn，音昏）：守门人。

⑮ 阊阖（chānghé，音昌和）：传说中的天门。

⑮ 暧暧（ài，音爱）：昏暗的样子。罢：终了。

⑮ 溷（hùn，音混）浊：混浊，混乱。

⑮ 济：渡。白水：神话传说中的神水，出自昆仑山，饮之可以不死。

⑱ 阆（làng，音浪）风：神话传说中的神山，在昆仑山上。绁（xiè，音谢）马：拴马，系马。

⑲ 高丘：楚地的山名。

⑯ 春宫：神话传说中东方青帝的住所。

⑯ 琼枝：传说中神树的树枝。继：续。

⑯ 荣华：草木的花朵。

⑯ 相：审视。下女：人间之女。指以下宓妃等人。诒（yí，音疑）：同"贻"，赠送。

⑯ 丰隆：传说中的云神。

⑯ 宓（fú，音福）妃：传说伏羲氏女，溺洛水而死，遂为洛神。

⑯ 纕（xiāng，音香）：佩戴。结言：犹言约言。此处指相约为好。

⑯ 蹇修：人名。理：媒人。

⑯ 纬繣（huà，音话）：性情乖戾。难迁：难以改变。

⑯ 次：住宿。穷石：神话里的山名。

⑰ 濯（zhuó，音浊）：洗。洧（wěi，音尾）盘：神话中的水名。

⑰ 保厥美：自持其美丽。

⑰ 淫游：恣意游荡。

⑰ 四极：指天的四方极远之处。

⑰ 瑶台：玉石砌成的高台。偃蹇：高高的样子。

⑰ 有娀（sōng，音松）：传说中的古国。佚女：美女。

⑰ 鸩（zhèn，音镇）：鸩鸟，有毒。

⑰ 佻（tiāo，音挑）巧：轻薄虚浮。

⑰ 自适：自己前往。

⑰ 诒（yí，音移）：同"贻"，赠送，这里做名词，当礼物讲。

⑱ 高辛：帝喾，五帝之一。帝喾娶有娀氏女为次妃，生契。

⑱ 集：停留，犹言安身。

⑱ 少康：夏后相之子。未家：未有家室，未娶。

⑱ 有虞：国名，姚姓。二姚：有虞氏国君的两个女儿。

⑱ 理弱媒拙：媒人能力弱，拙笨。

⑱ 导言：传达言语。这里指传达愿意结为婚姻之言。不固：意谓不能坚固有虞氏之心。

⑱ 哲王：明智的君主。寤：觉悟，醒悟。

⑱ 朕情：我的忠贞求索之情。不发：不能抒发。

⑱ 索：索取。藑茅：古人占卜用的一种草。筳篿（tíngzhuān，音廷专）：古代占卜用具，一种小竹片。

⑱ 灵氛：名为氛的巫。灵，巫。氛，巫的名字。

⑲ 信修：确实美好。慕：爱慕，仰慕。

⑲ 勉远逝：努力远行。

⑲ 释：舍弃。女：汝。

⑲ 眩曜：炫目而看不清楚。

⑲ 户：家家户户。服艾：佩戴艾草。盈要：佩满腰间。盈，满；要，通"腰"。

⑲ 未得：没有得当。

⑲ 珵（chéng，音呈）美：珵玉之美。能当：能恰当判断价值。

⑲ 苏：通"索"，取也。充帏：填充香囊。

⑲ 巫咸：古代神巫，名咸。

⑲ 怀：怀揣着。椒糈（xǔ，音许）：以椒香拌精米制成的祭神的食物。椒，香料，降神用；糈，精米，享神用。要：同"邀"，邀请。

⑳ 翳（yì，音义）：遮蔽。形容众神灵遮空而下。备降：齐来。

㉑ 皇剡剡（yǎn，音眼）：光芒大盛的样子。皇，大。剡剡，光明貌。扬灵：灵光发扬。

㉒ 矩矱（yuē，音约）：法度。

21

㉓俨：恭敬。此处指敬重贤士。合：匹合。

㉔挚：伊尹，汤的大臣。咎繇（gāoyáo，音高摇）：皋陶，尧舜时期的圣人，以司法公正著名。调：和谐。

㉕行媒：指前面使媒人代为传达而言。

㉖说（yuè，音月）：殷贤臣傅说。操筑：指从事筑墙的劳动。操，持，从事；筑，筑墙，古代筑墙是用夹板夹住泥土，再用木杵把土夯实。傅岩：地名，在今山西省境内。传说傅说遭受刑罚，在傅岩筑墙，后遇商王武丁，成为贤相。

㉗吕望：即姜尚，姜太公。鼓刀：鸣刀。姜尚曾经做过屠夫。

㉘宁戚：卫人，经商，后被齐桓公拜为客卿。

㉙该辅：充任辅佐。该，备，充任。

㉚及：趁着。未晏：未晚，此处指未到暮年。

㉛未央：未尽，未完。央，尽。

㉜鹈鴂（tíjué，音提决）：杜鹃，春分时鸣叫。

㉝琼佩：玉佩。偃蹇：繁盛的样子。

㉞菶然：因密集而遮蔽的样子。

㉟谅：相信。

㊱折：折毁。

㊲缤纷：混乱的样子。

㊳淹留：久留。

㊴萧艾：恶草名，喻坏人。

㊵可恃：可依靠。

㊶羌：何乃。容长：徒以容貌见长。

㊷委：弃，放弃。厥：其。从俗：追随世俗。

㊸专佞：专事谗佞。慢慆（tāo，音掏）：怠慢放纵。

㊹樧（shā，音杀）：恶草，喻似贤非贤者。帏：香囊。

22

㉕ 干进而务入：遍求钻营之道。

㉖ 祇（zhī，音支）：敬，敬重。

㉗ 流从：顺从时下风气。

㉘ 沬（mèi，音妹）：竭，终止。

㉙ 和：调和。调：格调。度：法度。

㉚ 聊：姑且，暂且。浮游：漫游，周游。

㉛ 及：趁着。余饰之方壮：我的服饰、佩饰仍旧盛美。

㉜ 历：选择。

㉝ 羞：美味食物。

㉞ 精：捣碎。琼靡（mí，音迷）：玉屑。粻（zhāng，音张）：粮。

㉟ 杂：杂用。瑶象：美玉和象牙。

㊱ 自疏：自动疏远。

㊲ 邅（zhān，音詹）：转，楚方言。昆仑：山名。神话中常见的昆仑，不是实际中所指地名，指神仙清净之处。

㊳ 扬云霓：云霓飞扬。晻（yǎn，音眼）霭：遮蔽天日的样子。

㊴ 玉鸾：车铃，玉质，雕成鸾的样子。啾啾：本为鸟叫声，这里指车铃声。

㊵ 天津：神话传说中的天河渡口。

㊶ 翼：展翅。承：接。旂：旗。

㊷ 翼翼：闲暇自得的样子。

㊸ 遵：沿着。赤水：神话传说中的水名，源于昆仑山。容与：踌躇不前。

㊹ 麾（huī，音挥）：指挥，用手指挥。梁津：在水上架桥梁。

㊺ 诏：告知。西皇：传说中的帝少皞。涉予：把我渡过水去。涉，渡。

㊻ 腾：飞腾。径待：路上等待。

㊼ 不周：不周山。神话传说中的山名，在昆仑山西北。

㉘ 西海：传说中西方的海。期：相约的地点。

㉙ 屯：聚集。

㉚ 齐玉轪（dài，音代）：犹言并毂而驱。轪，车毂端的盖帽。

㉛ 婉婉：形容龙在行进中伸屈自如、不疾不徐的样子。

㉜ 委蛇：旗帜摆动飘扬的样子。

㉝ 抑志：指平抚心情。

㉞ 高驰：向高远之处飞驰。邈邈：遥远的样子。

㉟《九歌》：古代乐曲。相传为禹时乐歌。《韶》：传说中虞舜时代的乐曲名。

㊱ 假：借。媮：愉快。

㊲ 陟：上升。皇：皇天。赫戏：非常光明的样子。赫，赫然；戏，曦。

㊳ 临睨（nì，音逆）：俯视。睨，斜视。旧乡：故土。

㊴ 仆夫：御者，驾车人。怀：思，怀恋故土。

㊵ 蜷（quán，音全）局：蜷曲身子不肯前行的样子。顾：回视。

㊶ 乱：乱词。乱有治义，指总结。楚辞的乱词一般总结诗义。

㊷ 莫我知：莫知我，没人理解我。

㊸ 美政：指屈原所主张的以五帝三王为代表的善政理想。

【评析】

《离骚》是屈原所作的一首长篇抒情诗，是《楚辞》中的代表作品。《离骚》涉及内容广泛，上至唐、虞、三后之制，下及桀、纣、羿、浇之败。在具体行文过程中，则主要采用比、兴两种表现手法，依《诗》取兴，引类譬喻，以善鸟香草配忠贞，恶禽臭物比谗佞，灵修美人媲明君，宓妃佚女譬贤臣，虬龙鸾凤托君子，飘风云霓为小人，其词温而雅，其义皎而明。

《离骚》开篇，屈原先陈述自己的才能，"纷吾既有此内美兮，又重之以修能"，认为自己是正道直行的君子，但是，楚国谗佞当道，"固时俗之工巧兮，偭规矩而改错。背绳墨以追曲兮，竞周容以为度"，楚王不觉悟，不但不能近君子而远小人，反倒是远君子而近小人。屈原虽然知道楚国朝政昏暗，但决不妥协，"宁溘死以流亡兮，余不忍为此态也"。屈原试图改变自己在楚国的处境，曾经"上下而求索""求宓妃之所在""见有娀之佚女""留有虞之二姚"，虽然努力尝试，但是，"理弱而媒拙兮，恐导言之不固。世溷浊而嫉贤兮，好蔽美而称恶。闺中既以邃远兮，哲王又不寤"，介绍人不过硬，世俗混浊，楚王昏庸，最终所有的努力都失败了。

在《离骚》中，屈原既抒发了对君主佞臣和世俗的憎恨，也表现出对楚国命运的关怀，以及他绝不与奸佞小人同流合污，誓死以报的决心。屈原是富于批判精神的，他以深沉的悲愤和怨愁批判了楚君的壅塞和群小的奸佞，世俗之诌媚；歌颂了彭咸、比干、伍子胥等忠直之士绝对忠直和视死如归的勇敢品质。屈原欲楚王如尧舜，而不学桀纣羿浇，但楚王不悟，他只能"长太息以掩涕兮"，感慨叹息，终于酝酿成决绝的愤怒，赴渊而死。

屈原的理想是远大的，其系念楚国的热情是赤诚的。他为在楚国这样一个上有昏君、下有佞臣的国度里实现理想，前后奔走，表现出了对人民和国家的责任感，甚至因此而抛弃对个人得失的计较，"亦余心之所善兮，虽九死其犹未悔"，"虽体解吾犹未变兮，岂余心之可惩"，"阽余身而危死兮，览余初其犹未悔"。他执着于理想，不为形势的险恶而动摇，表现出为理想献身的极大勇气。

关于"离骚"一词为何意，历代有多种说法，较有代表性的有如下几种。

一说"离骚"意为离别的忧愁。屈原在早期颇受重用，"仕于怀王，为三闾大夫"，"入则与王图议政事，决定嫌疑；出则监察群下，应对诸侯。谋行职修，王甚珍之"，无奈"同列大夫上官、靳尚妒害其能，共谮毁之"。屈原正道直行，竭忠尽智以事其君，却信而见疑，忠而被谤，"忧心烦乱，不知所诉，乃作《离骚经》。离，别也；骚，愁也；经，径也。言己放逐离别，中心愁思，犹依道径，以风谏君也"（王逸《楚辞章句》）。汪瑗《楚辞集解》说："篇内曰：'余既不难夫离别兮，伤灵修之数化。'此《离骚》之所以名也。王逸……其说是矣。"

一说"离骚"意为遭受忧患。班固《离骚赞序》说："屈原以忠信见疑，忧愁幽思而作《离骚》。离，犹遭也；骚，忧也，明己遭忧作辞也。是时周室已灭，七国并争，屈原痛君不明，信用群小，国将危亡，忠诚之情，怀不能已，故作《离骚》。"颜师古为《汉书》作注时也表示："离，遭也，忧动曰骚。遭忧而作此辞。"

一说"离骚"为楚古曲名，即《劳商》。游国恩《楚辞概论》称："《大招》云：'楚《劳商》只。'王逸曰：'曲名也。'按'劳商'与'离骚'为双声字，古音劳在'宵'部，商在'阳'部，离在'歌'部，骚在'幽'部，'宵''歌''阳''幽'，并以旁纽通转，故'劳'即'离'，'商'即'骚'，然则《劳商》与《离骚》原来是一物而异其名罢了。"

在楚国，王听不聪，谗谄蔽明，邪曲害公，方正不容，屈原没有受到公正待遇，故而求灵氛占卜，看是否可以远离故国，灵氛说："勉远逝而无狐疑兮，孰求美而释女？何所独无芳草兮，尔何怀乎故宇？"他认为以屈原的才能，可以周游任何国家，而巫咸则认为屈原在楚国的机会尚多，"及年岁之未晏兮，时亦犹其未央"。屈原忖度自己在楚国不可能有任何前途，因此携仆夫与马周游，但周游一圈后，"忽临睨夫旧乡"，"仆夫悲余马怀兮，蜷局顾而不行"。《离骚》乱词说："已矣哉！国无人莫我知兮，又何怀乎故都！既莫足与为美政兮，吾将从彭咸之所居！"《离骚》主题，实际是表现屈原在离开楚国和不离开楚国之间徘徊的矛盾心理，最后归结为"不难夫离别"，则离骚之意，应以"离别的忧愁"最有说服力。

九　歌

屈原

《九歌》本是古代的乐歌名，是在夏代就存在的乐歌。传为三《易》之一的《归藏·启筮篇》载："昔彼九冥，是与帝《辩》同宫之序，是为《九歌》。"又说："不得窃《辩》与《九歌》，以国于下。"而《山海经·大荒西经》载："西南海之外，赤水之南，流沙之西，有人珥两青蛇，乘两龙，名曰夏后开。开上三嫔于天，得《九辩》与《九歌》以下。此天穆之野，高二千仞。开焉得始歌《九招》。"根据以上记载可知，《九歌》《九辩》的存在早于屈原、宋玉，应该是夏后启时代就存在的乐歌。当然，说此二乐歌是夏后启偷之于天的音乐，显然缺乏足够的证据，可能只是就其精美而言的。在《楚辞》中，屈原多次提到了《九辩》《九歌》与夏后启的关系。如《离骚》说："启《九辩》与《九歌》兮，夏康娱以自纵。"又说："奏《九歌》而舞《韶》兮，聊假日以媮乐。"又《天问》说："启棘宾商，《九辩》《九歌》。"在这些地方，屈原所说的《九辩》《九歌》，与《楚辞》中的《九辩》《九歌》显然不是一个东西。

王逸《楚辞章句》说："《九歌》者，屈原之所作也。昔楚国南郢之邑，沅、湘之间，其俗信鬼而好祠，其祠必作歌乐鼓舞，以乐诸神。屈原放逐，窜伏其域，怀忧苦毒，愁思怫郁，出见俗人祭祀之礼，歌舞之乐，其词鄙陋，因为作《九歌》之曲。上陈事神之敬，下见己之冤结，托之以风谏，故其文意不同，章句杂错而广异义焉。"朱熹《楚辞集注》指出："荆蛮陋俗，词既鄙俚，而其阴阳人鬼之间，又或不能无亵慢淫荒之杂。原既放逐，见而感之，故颇为更定其词，去其泰甚。而又因彼事神之心，以寄吾忠君爱国、眷恋不忘之意。"王逸与朱熹的话，包含三层意思，一是说楚地南郢之邑，沅、湘之间，有信鬼而好祠之俗，每当祭祀之时，必作鼓舞歌乐，以乐诸神；二是说屈原在放逐过程中，深入到南郢之邑，沅、湘之间，接触到当地的鼓舞歌乐，改其鄙俗风格，而成《九歌》新曲；三是说屈原《九歌》包含事神、舒冤、讽谏三个目的。由此可见，《楚辞》中的《九歌》是由屈原据民间祭神乐歌改作或加工而成的，而非依照夏朝的旧曲写成。

《楚辞》中《九歌》现存共十一篇，分别为《东皇太一》《云中君》《湘君》《湘夫人》《大司命》《少司命》《东君》《河伯》《山鬼》《国殇》《礼魂》。《九歌》以九命名，却有十一篇之多，王逸《楚辞章句·九歌序》没有对此给予解释，《楚辞章句·九辩序》则指出："九者，阳之数，道之纲纪也。故天有九星，以正机衡；地有九州，以成万邦；人有九窍，以通精明。屈原怀忠贞之性而被谗邪，伤君暗蔽，国将危亡。乃援天地之数，列人形之要，而作《九歌》《九章》之颂，以讽谏怀王。明己所言，与天地合度，可履而行也。"王逸认为，"九"是一个体现纲纪的数字，天有九星，地有九州，人有九窍，屈原之所以选择"九"作为他的诗歌篇名，是为了体现效法天地的意思。按照王逸的意思，《九歌》的"九"，不应该一定按照实数或者虚数来处理，应该表示的是天地的道理。因为很明显，即使是王逸，也没有把《九辩》当作九篇作品来处理。这样，如果理解《九歌》的十一篇与《九章》的九篇，都不过是数字的巧合而已，与篇名关系不大，也未尝不可。

但是，王逸关于"九"的解释，显然比较牵强。既然同样作为屈原作品的《九章》是九篇，《九歌》当然也存在着九篇的可能性。林云铭《楚辞灯》认为，《九歌》十一篇，实际应该是九篇，因为《山鬼》《国殇》《礼魂》实际是一篇。但他同时也指出，不必对《九歌》是否是实数的问题太过认真追究，这似乎表明林云铭对自己提出的建议方案并没有充足的信心。蒋骥《山带阁注楚辞》说："《九歌》本十一章，其言九者，盖以神之类有九而名，两《司命》类也，《湘君》与《（湘）夫人》亦类也。神之同类者，所祭之时与地亦同，故其歌而言之。"蒋骥认为《九歌》十一篇，应该是两《司命》为一篇，二《湘》为一篇，因为这几篇作品所祀神有类似处，并且祭祀的时间、地点也相同。近代以来，有人主张《九歌》十一篇，所祀九神而已，因为《九歌》的第一篇和最后一篇不应算在内，第一篇《东皇太一》是迎神曲，最后一篇《礼魂》是送神曲。

关于《九歌》内容，戴震《屈原赋注》说："《九歌》，迁于江南所作也。昭诚敬，作《东皇太一》。怀幽思，作《云中君》，盖以况事君精忠也。致怨慕，作《湘君》《湘夫人》，以己之弃于人世，犹巫之致神而神不顾也。正于天，作《大司命》《少司命》，皆言神之正直，而惓惓欲亲之也。怀王入秦不反，而顷襄继世，作《东君》。末言狼狐，秦之占星也，其辞有报秦之心焉。从河伯水游，作《河伯》。与魑魅为群，作《山鬼》。闵战争之不已，作《国殇》。恐常祀之或绝，作《礼魂》。"

关于《九歌》的写作年代，《史记·屈原贾生列传》没有提《九歌》，所以也就无由从司马迁那里考察《九歌》的创作时间，不过，王逸《楚辞章句序》指出："昔者孔子睿圣明哲，天生不群，定经术，删《诗》《书》，正《礼》《乐》，制作《春秋》，以为后王法。门人三千，罔不昭达，临终之日，则大义乖而微言绝。其后周室衰微，战国并争，道德陵迟，谲诈萌生，于是杨、墨、邹、孟、孙、韩之徒各以所知，著造传记，或以述古，或以明世。而屈原履忠被谮，忧悲愁思，独依诗人之义而作《离骚》。上以讽谏，下以自慰。遭时暗乱，不见省纳，不胜愤懑，遂复作《九歌》以下凡二十五篇。"按照王逸的意见，屈原先作《离骚》，而后才作《九歌》及其他作品。《九歌》的创作时间，应该在《离骚》之后、《九章》等其他作品之前。根据《九歌》诸篇的特点看，这一组诗，未必作于同一时间、同一地点。但《国殇》为最后的作品，大概是没有问题的。孙作云先生认为《国殇》的写作时间在楚怀王十七年春天秦楚大战后，即公元前312年左右，可以作为一个参考。

东皇太一

吉日兮辰良，穆将愉兮上皇。①
抚长剑兮玉珥，②璆锵鸣兮琳琅。③

瑶席兮玉瑱，④盍将把兮琼芳。⑤
蕙肴蒸兮兰藉，⑥奠桂酒兮椒浆。⑦

扬枹兮拊鼓，⑧疏缓节兮安歌，⑨陈竽瑟兮浩倡。⑩
灵偃蹇兮姣服，⑪芳菲菲兮满堂。
五音纷兮繁会，⑫君欣欣兮乐康。⑬

【注释】

①穆：虔诚；恭敬。愉：快乐，此处是使动用法，使快乐。上皇：谓东皇太一。

②抚：持。玉珥（ěr，音耳）：玉镶的剑把。

③璆锵（qiúqiāng，音求枪）：佩玉发出锵鸣声。璆，美玉。锵，玉佩声音。琳琅（láng，音狼）：美玉。

④瑶席：华美如瑶的席子。瑶，美玉。瑱（zhèn，音镇）：玉镇，用来压坐席。

⑤盍（hé，音合）：何不。把：持。琼：玉枝。

⑥蕙肴：以蕙草蒸的肉。蕙，香草名。蒸：奉而进之，进献。兰藉：香兰一类的衬垫之物，或以香兰之类衬垫在祭品之下。

⑦奠：置祭，献祭。桂酒：用桂花酿制的酒。

⑧扬枹（fú，音伏）：扬起鼓槌，挥动鼓槌。枹，鼓槌。拊：击。

⑨疏：稀疏。缓：缓慢。节：击鼓之节拍。安歌：指歌声随着节奏疏缓而平稳。

⑩陈：陈列。竽：古代一种簧管乐器，多为三十六簧。瑟：古代一种拨弦乐器，多为二十五弦，形似古琴。浩倡：引吭高歌。浩，大；倡，同"唱"。

⑪灵：此指扮演天神的灵巫。偃蹇（yǎnjiǎn，音眼减）：形容舞姿屈伸自如，婉转灵活。姣服：指美丽的服饰。

⑫繁会：形容乐声繁盛而错杂交会。

⑬君：指东皇太一。欣欣：高兴的样子。

【评析】

《东皇太一》是《九歌》的第一篇，所祀的是最尊贵的天神。诗歌展示了祭神的场面，气氛热烈，表达了对东皇太一的敬重与祈望。

太一神是天神中最尊贵的一个，居东方，所以称为东皇太一。"皇"为尊贵之意。战国文献中，常常提到"太一"，如《庄子·列御寇》云："太一形虚。"《庄子·天下》云："建之以常无有，主之以太一。"《文子·下德》引老子之言云："帝者体太一，……体太一者明于天地之情，通于道德之伦，聪明照于日月，精神通于万物，动静调乎阴阳，喜怒和乎四时，覆露皆道，博洽而无私，蜎飞蠕动，莫不仰德而生，德流方外，名声传乎后世。"

东皇太一神是最尊贵的神，但并不是楚地之神。东皇太一又是天子的祭祀对象，不是诸侯可以祭祀的，大约楚王坐大后，模仿周天子，开始祭祀太一神，也未可知。作为《九歌》的第一篇，《东皇太一》所祀的是最尊贵的天神，但对于神的功德，并没有作正面歌颂，只是从环境气氛的渲染里表达出敬神之心、娱神之意。

诗歌最初四句，简洁而又明了地写出了祭祀的时间与祭祀者们对东皇太一神的恭敬与虔诚。接着描述了祭祀所必备的祭品、瑶席、玉瑱，以及欢迎太一神的鲜花、美酒和佳肴。这期间，乐师们举槌击鼓，奏起舒缓、悠扬的音乐，预示着神将要降临了。末尾四句描述的是祭祀的高潮，神穿着美丽的衣服跳着动人的舞姿来到了人间。这时候钟鼓齐奏、笙箫齐鸣，欢乐气氛达到最高潮。末句"君欣欣兮乐康"，描绘了东皇太一神安康欣喜的神态。全诗紧紧围绕着"祭神以祈福"这个中心问题，篇首以"穆将愉兮上皇"统摄全文，篇末以"君欣欣兮乐康"作结，前后呼应，贯穿着祭神时人们的精神活动。所以诗歌虽篇幅短小精悍，但层次清晰，生动展现了祭神的整个过程和场面，气氛热烈，给人一种既庄重又欢快的感觉，充分表达了人们对太一神的敬重与祈望。

朱熹《楚辞集注》曰："此篇言其竭诚尽礼以事神，而愿神之欣说安宁，以寄人臣尽忠竭力、爱君无已之意，所谓全篇之比也。"洪兴祖《楚辞补注》曰："此章以东皇喻君。言人臣陈德义礼乐以事上，则其君乐康无忧患也。"

云中君

浴兰汤兮沐芳，华采衣兮若英。①
灵连蜷兮既留，②烂昭昭兮未央。③

蹇将憺兮寿宫，④与日月兮齐光。
龙驾兮帝服，⑤聊翱游兮周章。⑥

灵皇皇兮既降，⑦焱远举兮云中。⑧
览冀州兮有余，⑨横四海兮焉穷。⑩
思夫君兮太息，⑪极劳心兮忡忡。⑫

【注释】

① 华采：指色彩华艳鲜明。若英：杜若的花。此处写衣之华彩灿烂。

② 灵：旧说以为指扮云中君的主巫，亦即由主巫扮演的神灵。按"灵"应指云中君。连蜷：舒曲回环的样子。既留：指已留止云中，或已降留于主巫之身。

③ 烂昭昭：此处指神灵降临时显现出的灿烂光辉。未央：未已，无尽。

④ 蹇（jiǎn，音简）：又作"謇"，楚方言之发语词，无实义。憺（dàn，音但）：安适。寿宫：本是虚拟云中君在天上的宫室，也实指精心陈设布置的祭神坛场。

⑤ 龙驾：此指以龙驾驶之车。帝服：指天帝穿的五彩之服。

⑥ 聊：聊且，姑且。翱游：自由往来貌。周章：周游浏览。

⑦ 皇皇：犹"煌煌"，美好貌。既降：指云神已降临人间。

⑧ 焱（biāo，音标）：本为群犬疾奔貌，引申为迅疾貌。远举：远

扬高飞。

⑨ 览：观览。冀州：谓今四海之内。据《尚书·禹贡》载，古中国分为冀、兖、青、徐、扬、荆、豫、梁、雍九州。冀州为九州之首，故以冀州代称全中国。其故地在黄河以北，河北省一带。有余：指超过这个范围，不止全中国。

⑩ 横：充满。四海：古代人们认为中国大陆四面环海，"四海之内"就是全国，"四海"就是中国的四极，在古人的认知中这是最大的范围。焉穷：安穷，何穷。此言无穷，与上句"有余"相对。

⑪ 夫：语助词。君：云神。

⑫ 极劳心：极尽其思慕之劳忧。忡忡（chōng，音冲）：忧心貌，忧思不宁貌。

【评析】

《云中君》是《九歌》第二篇。本篇高度颂扬了云中君的神威无边，泽及四海。前两句写云中君降临之前人们所做的准备——香汤沐浴、华衣着身，虔诚之态毕现，既体现了人们对云神的祈求，也可从侧面看出云神的威严。接下来四句写云中君"降临"祭堂，安然快乐地出现于神堂之上，颂其德泽"与日月兮齐光"。后六句写云神乘着龙车，身着彩服，逍遥邀游。"览冀州兮有余"正说明云神的恩泽是遍及九州四海的。最后两句写祭者对神的依恋，云神既降而去，所以思之太息。

关于本篇所祭云中君究竟为何神，众学者存有多种说法。

一说云中君为云神。《楚辞章句》说："云神丰隆也，一曰屏翳。"朱熹、汪瑗、王夫之、林云铭、戴震等人均认同此说。

一说云中君为云梦泽之水神。徐文靖《管城硕记》卷十四说："《左传·定公四年》'楚子涉雎济江，入于云中'，杜注：'入云梦泽中。’是云中，一楚之巨薮也。云中君犹湘君耳。《尚书》‘云土梦作乂’，《尔雅》‘楚有云梦’，相如《子虚赋》‘云梦者，方九百里’。湘君有祠，巨薮如云中，可无祠乎？”认为云中君为云梦泽之水神。王闿运《楚辞释》观点与之相同，曰：“云中，楚泽，所谓云杜、云梦者。君，泽神也。”

一说云中君为电神。何剑熏《楚辞拾沈》说：“诸家之释，实难信从。余意云中君者，电神也。电之出，穿云而出。有云，不必有电；有电，则必有云，或古人以为电由云生，故名电神为云中君。晋顾恺之《雷电赋》云：‘丰隆破响，列缺开云。’正得其义。”

一说云中君为月神。姜亮夫《屈原赋校注》提出：“《云中》在《东君》之后，与东君配，亦如大司命配少司命，湘君配湘夫人，则云中君月神也。又以本篇文义证之，曰‘烂昭昭’，曰‘齐光’，曰‘皇皇’，皆与光义相连。云师宜与电雨相属，不得言光。且既降又猋然举，此亦与月出没之情态相类。而‘横四海’即《尚书》所谓‘光被四表’之义，故曰‘无穷’，与云神意象亦不合。且春秋以来，无祀云神者，楚民即特殊，其大齐必不能出入太甚，则与其谓为云神之无据，不如指为月神之有根矣。”

《云中君》所祀之神究竟为何，此前虽争议不断，但始终都是猜测，均无定论，直至出土文物的出现为研究这一问题带来新的证据。1978年湖北江陵天星观一号楚墓出土的战国竹简上，记录了当时楚国祭祀的情况，其中便有“云君”之神，显然是“云中君”的简称，可证云中君就是云神。这一结论，亦可与诗中关于云中君的描写相互印证，如“灵连蜷兮既留”之“连蜷”，所描绘的即是云彩在空中舒曲回环的状态；“翱游兮周章”符合云在空中自由往来、不受拘束的特点；“猋远举”“横四海”等句，则集中描绘出云周流四方、来去无定的情状。

屈原此篇虽祭云中君，但其中也寄予了对君主的深情。洪兴祖《楚辞补注》曰："此章以云神喻君，言君德与日月同明，故能周览天下，横被六合，而怀王不能如此，故心忧也。"朱熹《楚辞集注》曰："此篇言神既降而久留，与人亲接，故既去而思之不能忘也，足以见臣子慕君之深意矣。"

湘　　君

君不行兮夷犹，^①蹇谁留兮中洲？^②
美要眇兮宜修，^③沛吾乘兮桂舟。^④
令沅、湘兮无波，使江水兮安流。
望夫君兮未来，^⑤吹参差兮谁思？^⑥

驾飞龙兮北征，邅吾道兮洞庭。^⑦
薜荔柏兮蕙绸，^⑧荪桡兮兰旌。^⑨
望涔阳兮极浦，^⑩横大江兮扬灵。^⑪

扬灵兮未极，^⑫女婵媛兮为余太息！^⑬
横流涕兮潺湲，^⑭隐思君兮陫侧。^⑮

桂棹兮兰枻，^⑯斫冰兮积雪。^⑰
采薜荔兮水中，搴芙蓉兮木末。^⑱
心不同兮媒劳，^⑲恩不甚兮轻绝。^⑳

石濑兮浅浅，^㉑飞龙兮翩翩。
交不忠兮怨长，期不信兮告余以不闲。^㉒

鼌骋骛兮江皋，^㉓夕弭节兮北渚。^㉔
鸟次兮屋上，^㉕水周兮堂下。

捐余玦兮江中，^㉖遗余佩兮澧浦。^㉗
采芳洲兮杜若，^㉘将以遗兮下女。^㉙
时不可兮再得，聊逍遥兮容与。^㉚

【注释】

①君：谓湘君。是湘夫人对湘君的称呼。不行：指不动身走来。夷犹：犹豫不定貌。

②蹇（jiǎn，音简）：楚地发语词，无实义。或曰难行貌。谁留：为何淹留，或为谁淹留。中洲：犹言洲中。

③要眇（yāomiǎo，音腰秒）：文雅美好的样子。宜修：修饰合宜得体，或善于修饰。

④沛：行动疾速的样子。吾：湘夫人自称。桂舟：用桂木做成的船，含芳洁之意。

⑤夫：语中助词。君：谓湘君。

⑥参差（cēncī）：本指不齐貌，此处指由长短不齐的若干竹管组成的洞箫。谁思：思者何，或思者谁。

⑦遭（zhān，音沾）：楚方言，转弯，迂回。洞庭：即洞庭湖，在今湖南省境内。

⑧薜荔（bìlì，音必利）：香草。常绿藤本植物，多附石壁或树木生长。蕙绸：言以蕙为帷帐，或以蕙饰帷帐。绸，帷帐。

⑨荪（sūn，音孙）：香草名，又叫溪荪，俗名石菖蒲。桡（ráo，音饶）：旗杆上的曲柄，一说为船桨。兰旌：以兰草饰于旗杆顶端。旌，

旗的一种，旗杆顶端饰以旄牛尾或羽毛。

⑩ 涔阳：涔水北岸的地名，位于洞庭湖西北。极浦：遥远的水涯。极，远也。

⑪ 横：横绝，即渡水。扬灵：神驰远眺。

⑫ 未极：指未到湘君之侧。极，至。

⑬ 女：当指湘夫人身边侍女。婵媛（chányuán，音缠原）：指由于内心的关切而表现出牵持不舍的样子。余：湘夫人自谓。

⑭ 横流涕：指涕泪纵横的样子。潺湲（chányuán，音缠原）：本指水徐流，此处指涕泪缓缓涌流。

⑮ 隐：痛苦。君：湘君。陫侧：悲苦凄切。

⑯ 棹（zhào，音照）：长桨。枻（yì，音义）：船舷。一说，短桨。

⑰ 斫（zhuó，音浊）冰兮积雪：形容船快速前进，激起雪白的浪花，如同破冰、击雪。斫，此处有凿开之义。积，"击"的同声假借字。

⑱ 搴（qiān，音牵）：摘取。芙蓉：指已开的荷花。木末：树梢。

⑲ 媒劳：媒妁虽劳于说合也难成婚姻，言媒妁的徒劳无益。

⑳ 恩：恩爱。不甚：即不够笃诚，或不甚深厚。轻绝：轻易绝弃，易于相弃。

㉑ 濑（lài，音赖）：沙石上的流水。浅浅（jiān，音间）：水流急速貌。

㉒ 期：约会。不信：不守信约。余：湘夫人自谓。不闲：不得空闲。

㉓ 鼌（zhāo，音招）：通"朝"，早晨。骋骛（chěngwù，音逞务）：此指急行舟。江皋（gāo，音高）：江边，江岸。皋，水边的高地，岸。

㉔ 弭节：驻节，停止行舟。节，度，指舟行的速度。渚：水中的小块陆地。

㉕ 次：栖宿。

㉖ 捐：舍弃，抛弃，与下文"遗"互文。玦（jué，音决）：指环形

38

而有缺口的玉器。

⑦佩：玉饰。澧（lǐ，音里）浦：澧水之滨。澧，湖南省河流名，由澧县纳涔水而入洞庭湖。

㉘芳洲：生长着鲜花野草的洲岛。杜若：香草名。

㉙遗（wèi，音未）：赠予。下女：此指湘君之侍女。

㉚聊：姑且。逍遥：优游自得貌。容与：悠闲自适貌。

【评析】

《湘君》《湘夫人》是古代楚人对湘江水神的祭歌。关于湘君、湘夫人究竟何指，前人分歧甚多。

洪兴祖《楚辞补注》曾概括说："刘向《列女传》：舜陟方死于苍梧，二妃死于江、湘之间，俗谓之湘君。《礼记》：舜葬于苍梧之野，盖二妃未之从也。注云：《离骚》所歌湘夫人，舜妃也。韩退之《黄陵庙碑》云：湘旁有庙，曰黄陵。自前古立，以祠尧之二女——舜二妃者。秦博士对始皇帝云：湘君者，尧之二女，舜妃也。刘向、郑玄亦皆以二妃为湘君。而《离骚》《九歌》既有湘君，又有湘夫人。王逸以为湘君者，自其水神。而谓湘夫人，乃二妃也。从舜南征三苗，不及，道死沅、湘之间。《山海经》曰：洞庭之山，帝之二女居之。郭璞疑二女者，帝舜之后，不当降小水为其夫人，因以二女为天帝之女。以余考之，璞与王逸俱失也。尧之长女娥皇，为舜正妃，故曰君。其二女女英，自宜降曰夫人也。故《九歌》词谓娥皇为君，谓女英帝子，各以其盛者，推言之也。礼有小君、君母，明其正，自得称君也。"由此可知，刘向、郑玄认为舜之二妃，即娥皇、女英为湘君；王逸认为湘君为湘江水神，舜之二妃为湘夫人；韩愈则以为娥皇为湘君，女英为湘夫人，持此说者还有陈第、林云铭、蒋骥等。除以上诸说，此后亦有学者提出湘君为"湘山之神"（胡文英《屈骚指掌》）、"洞庭之神"（王闿运《楚辞释》）等。

其实，楚国南方沅、湘一带，自古就有将湘江男女水神当作配偶之神奉祀之俗，但自战国以来，虞舜及其二妃的传说渐及各地：舜南巡时，崩于苍梧之野，其时二妃并未同往，二人后追踪而至洞庭湖滨，听闻舜崩，南望而泣，自投湘水以殉，当地人感其情深，将之埋葬，并立祠祭祀。后来，楚人将此事与湘江之神联系起来，以舜为湘君，二妃为湘夫人。如此，历史传说成为民俗的一部分，原本只存在于人民意念中的神就有了历史人物这一载体，神的形象也变得更为丰满起来。

《湘君》中，湘夫人久候湘君而未能得见，心情不禁发生由希望到失望再到怀疑感伤以至怨恨的复杂变化。该诗首先描写湘夫人对湘君热烈地等待和期望：湘君啊，你还犹豫什么呢，你是为了谁还逗留在那个小岛之上呢？我还是打扮一下驾起小舟来迎接你吧，江水啊，不要掀起波澜，安静地流淌吧，让我的湘君早一些到来。可她始终未能如愿，于是失望地吹起了哀怨的排箫，倾吐对湘君的无限思念，希望湘君听到熟悉的曲调后闻声赶来。这幅佳人望断秋水图千百年来打动着无数人的心，"驾飞龙兮北征"至"隐思君兮陫侧"描写了湘夫人的急切心情。由于久等湘君不至，湘夫人便驾着轻舟向北往洞庭湖去寻找，忙碌地奔波在湖中江岸，她从湘江北上，转道洞庭，西望涔阳极浦，而后进入大江，走遍了洞庭湖及周围的主要江河，仍然不见湘君的踪影。湘夫人执着的追求使身边的侍女也为她叹息。旁人的叹息，深深地触动和刺激了湘夫人，她更加悲伤与委屈，因而伤心痛哭以至泪如泉涌。接着十句写由失望至极而生的怨恨之情。诗中连用几个比喻来描写其失望的痛苦：水中如何采得生长在山上的薜荔？树梢上又怎能摘到生长于水中的芙蓉花？湘君与己"心不同""恩不甚""交不忠""期不信"，自己的追求不过是一种徒劳。所谓爱之愈深，责之愈切，湘夫人的愤激之语，把一个大胆追求爱情的女子的内心世界表现得淋漓尽致。由"鼋骋骛兮江皋"至结束为诗歌的最后部分，描述了湘夫人再次回到约会地"北渚"时，还是没有见到湘君的痛苦之情，她毅然把代表爱慕和忠贞的信物玉玦抛入江中。最后四句则写湘夫人心情平静下来后内心的失望与不安，她既希望再次见到湘君，又怀疑见面的机会不会再来，只得在无聊中往返徘徊，消磨时光。结尾余音袅袅，与篇首的疑问遥相呼应，给人留下想象的空间。

湘夫人

帝子降兮北渚，① 目眇眇兮愁予。②
袅袅兮秋风，③ 洞庭波兮木叶下。④
登白薠兮骋望，⑤ 与佳期兮夕张。⑥
鸟何萃兮蘋中？⑦ 罾何为兮木上？⑧

沅有芷兮澧有兰，⑨ 思公子兮未敢言。⑩
荒忽兮远望，⑪ 观流水兮潺湲。

麋何食兮庭中？ 蛟何为兮水裔？⑫
朝驰余马兮江皋，夕济兮西澨。⑬

闻佳人兮召予，⑭ 将腾驾兮偕逝。⑮
筑室兮水中，葺之兮荷盖。⑯

荪壁兮紫坛，⑰ 播芳椒兮盈堂。⑱
桂栋兮兰橑，⑲ 辛夷楣兮药房。⑳

罔薜荔兮为帷,^㉑擗蕙櫋兮既张。^㉒
白玉兮为镇,^㉓疏石兰兮为芳。^㉔
芷葺兮荷屋,缭之兮杜衡。^㉕

合百草兮实庭,建芳馨兮庑门。^㉖
九嶷缤兮并迎,灵之来兮如云。

捐余袂兮江中,^㉗遗余褋兮澧浦。^㉘
搴汀洲兮杜若,^㉙将以遗兮远者。
时不可兮骤得,^㉚聊逍遥兮容与。

【注释】

① 帝子:谓湘夫人。古代传说她们(娥皇、女英)是古帝唐尧的女儿,故称帝子。北渚:即《湘君》篇中所言之"北渚"。

② 眇眇(miǎo,音秒):瞻望弗及、望眼欲穿之貌。予:此处当指湘君。愁予,即予愁,因望而不见使我(湘君)痛苦。

③ 袅袅(niǎo,音鸟):本指柔弱蔓长貌,此处形容微风吹拂树木随风摆动的样子。

④ 洞庭:洞庭湖,在今湖南省北部。波:动词,扬波。木叶:特指秋天枯黄的落叶。

⑤ 登白薠(fán,音烦):指站在长着薠草的地方。登,登上。白薠,水草名,秋天生。骋望:纵目远望。

⑥ 佳:佳人,指湘夫人,古代多以"佳人"称私爱之人,不一定指容貌之美。期:动词,约期相会。夕:黄昏。张:陈设布置。

⑦ 萃:集聚。蘋(pín,音贫):水草,生于浅水,又称"四叶蘋"。

⑧ 罾(zēng,音增):用竿撑起的一种渔网。木上:树梢。

⑨ 芷（zhǐ，音止）：即白芷，香草名。兰：香草，即兰草或泽兰。

⑩ 公子：犹言"帝子"，指湘夫人，古人有时亦称女子为"公子"。

⑪ 荒忽：同"恍惚"，渺茫隐约、若有若无貌。

⑫ 蛟：传说中一种无角龙，常居深渊，能发洪水。水裔（yì，音易）：水边。蛟在水裔，犹所谓神龙失水而陆居。

⑬ 澨（shì，音士）：水边地，涯岸。

⑭ 予：指湘君。

⑮ 腾驾：驾车奔腾，形容车行极快。偕逝：与佳人同去。

⑯ 葺（qì，音气）：本指以草盖屋顶，此处只笼统地讲补缀、覆盖之意。

⑰ 荪壁：把香草溪荪编织起来装饰屋内墙壁。荪，一种香草，亦称"荃"。紫坛：用紫贝铺砌中庭。紫，紫贝。

⑱ 播：敷布。芳椒：气味芬芳的花椒。盈堂：满堂。

⑲ 桂、兰：香木名。栋：屋梁。橑（liáo，音聊）：屋橼。

⑳ 辛夷：香草。楣：门楣，门框上的横木。药：草名，即白芷。

㉑ 罔：同"网"，此处用作动词，编织。帷：幔帐。

㉒ 擗（pǐ，音癖）：剖分。櫋（mián，音棉）：室中隔扇，相当于现在的屏风，古代叫屋櫋联。张：陈设。

㉓ 镇：镇席之物。

㉔ 疏：分散布置。石兰：香草名，兰草的一种。为芳：意应为取其芳香。

㉕ 缭：缠绕。杜衡：叶似葵而有香，亦名杜葵，俗名马蹄香。

㉖ 建：设置、植立之意。馨：散布很远的香气。庑（wǔ，音五）门：谓庑与门，是对整个建筑的概括。庑，厅堂四周的廊屋。

㉗ 袂（mèi，音妹）：衣袖，袖口。

㉘ 褋（dié，音叠）：无里的内衣，指贴身汗衫之类。

㉙搴：采集。汀（tīng，音听）：水边平地，小洲。

㉚骤：屡次。

【评析】

作为《湘君》的姊妹篇，《湘夫人》为祭湘水女神的诗歌，与前篇共同构成了一个整体，表现着同一个主题。与湘君一样，湘夫人的身份同样存在多种说法，如舜二妃、舜次妃、洞庭西湖神等。据前篇所述，湘夫人指舜之娥皇、女英二妃，已无须多言。除此外，本篇的另一争议则为本篇是以何人视角展开叙述的问题。汪瑗《楚辞集解》认为，"此篇乃湘夫人答湘君之词"，即本篇是以湘夫人的视角展开书写的。文怀沙《屈原九歌今绎》则认为，"本篇为祭湘水女神的诗歌，全篇作湘君思念湘夫人那种望之不见、遇之无因的语气"，即本篇是以湘君的视角展开书写的。以上两种观点，当以文怀沙的观点为妥，即本篇虽名为《湘夫人》，但篇中的主人公却是湘君：湘夫人降临北渚，然而湘君望眼欲穿，却只能看到洞庭湖一派萧条的秋景，始终不见湘夫人，因此内心充满惆怅和迷惘，表达了湘君对湘夫人的思念。

诗歌从开始到"观流水兮潺湲"描写了湘君对湘夫人虔诚的期盼与渴望。第一句"帝子降兮北渚"紧承《湘君》"夕弭节兮北渚"，但湘君望而不见，内心十分忧愁，只觉得秋风吹来阵阵凉意，洞庭湖一片渺茫。忧心忡忡的湘君久候湘夫人不至，心生怨恨之意。"沅有芷兮澧有兰"，我的湘夫人在哪里呢？以水边泽畔的香草兴起对湘夫人的思念，但是又不能说出来，泪眼迷茫，恍恍惚惚似绝望。蒋骥《山带阁注楚辞》云："思而不敢言，几绝望矣。"下文则以麋食中庭和蛟滞水边两个反常现象隐喻爱而不见的事与愿违。接着与湘夫人一样，在久等不至的焦虑中，湘君也从早到晚骑马去寻找，结果则与湘夫人稍有不同：他在急切的求觅中，忽然听到了佳人的召唤，于是与她一起乘车而去。湘君满腔热情地设计着未来的美好生活：奇花异草香木装饰着他们的庭堂，九嶷山的众神热烈地欢迎他，然而这一切只不过是幻觉。梦很快就醒了，湘君在绝望之余，也像湘夫人那样情绪激动，向江中和岸边抛弃了对方的赠礼——袂和褋，但他最终同样恢复了平静，决定再耐心等待一下。

《湘君》和《湘夫人》二诗自始至终都未对湘君和湘夫人的形象展开正面叙述，而是更着重于对自然景物的描写和人物心理活动的刻画，通过环境气氛的烘托，生动刻画出热恋中的男女在爱情遭遇挫折时的复杂情状。两诗自始至终充满离别的悲哀与失望的感受，这种悲剧情感可能由舜和二妃故事的内容所决定，如果认为这两诗是屈原用以抒发自己的"愁思"，似也有一定可能性。

大司命

广开兮天门，纷吾乘兮玄云。①
令飘风兮先驱，使涷雨兮洒尘。②

君回翔兮以下，③逾空桑兮从女。④
纷总总兮九州，⑤何寿夭兮在予！⑥

高飞兮安翔，⑦乘清气兮御阴阳。⑧
吾与君兮斋速，⑨导帝之兮九坑。⑩

灵衣兮被被，⑪玉佩兮陆离。⑫
壹阴兮壹阳，⑬众莫知兮余所为。

折疏麻兮瑶华,^⑭ 将以遗兮离居。^⑮
老冉冉兮既极,^⑯ 不寖近兮愈疏。^⑰

乘龙兮辚辚,^⑱ 高驰兮冲天。
结桂枝兮延伫,^⑲ 羌愈思兮愁人。^⑳

愁人兮奈何! 愿若今兮无亏。^㉑
固人命兮有当,^㉒ 孰离合兮可为?

【注释】

① 纷:盛多貌。吾:这里指大司命。玄云:指黑里透出红色的云彩。

② 涷雨:暴雨。洒尘:洗涤尘埃。

③ 君:指神。回翔:本指鸟在空中回旋地飞翔着,天空宽阔,神自上而下的过程中也必然要打许多旋转,故借以形容。

④ 逾:越过。空桑:神话传说中的一座山。女:读作汝,指神,亲近之辞,是迎神的众巫对大司命的称呼。

⑤ 纷总总:此处形容人多。九州:代指天下。

⑥ 寿夭:长寿与夭折,谓寿限。在予:执掌于我之手。予,谓司命。

⑦ 安翔:从容翱翔。

⑧ 清气:这里指古人认为的存在于天地之间的正气。御:犹御马,指乘坐驾驭,有掌握、控制之意。阴阳:古人以为人类万物的化生、成长和衰退、死亡,都是阴阳二气的作用。

⑨ 吾:指众巫。君:指大司命。斋速:又作"斋肃",敏疾谦诚貌。

⑩ 之:往。九坑(gāng,音冈):即九冈,九州之山。坑,同"冈"。

⑪ 灵衣:神灵之衣。被被:衣长飘舞之貌。

⑫ 陆离:此处形容玉佩众多,参差不齐,光彩美好。

⑬ 壹阴兮壹阳：形容天神时阴时阳，若晦若明，若有若无，变化无穷。

⑭ 疏麻：神麻。瑶华：言神麻如瑶之白花。

⑮ 遗（wèi，音位）：赠予。离居：指离此远去之神，即大司命。

⑯ 冉冉（rǎn，音染）：渐进貌，犹渐渐。既极：已至。

⑰ 寝（jìn，音浸）：逐渐。疏：疏远。

⑱ 辚辚（lín，音林）：车轮滚动之声。

⑲ 结：采集而束之。桂枝：桂树之枝，取其芳洁。延伫：徘徊顾盼。

⑳ 羌：楚语中的发语词。愈思：越加思念。愁人：使人忧愁。

㉑ 若今：如今。无亏：当指情无亏减。

㉒ 固：本来。人命：人的生死、寿夭、臧否等命运。有当：犹言有规律。当，指常规、规律、气运之类。

【评析】

《大司命》《少司命》是《九歌》中的第五和第六首诗。但关于司命神到底有几个、为什么会分大少，现存文献中并没有可供判断的根据。《周礼·春官·宗伯》云："大宗伯之职，掌建邦之天神、人鬼、地祇之礼，以佐王建保邦国。以吉礼事邦国之鬼神祇，以禋祀祀昊天上帝，以实柴祀日、月、星、辰，以槱燎祀司中、司命、风师、雨师，以血祭祭社稷、五祀、五岳，以狸沉祭山林川泽，以疈辜祭四方百物。"《疏》引《星传》云："三台，上台曰司命。"《史记·天官书》云："斗魁戴匡六星曰文昌宫：一曰上将，二曰次将，三曰贵相，四曰司命，五曰司中，六曰司禄。在斗魁中，贵人之牢。魁下六星，两两相比者，名曰三能。三能色齐，君臣和；不齐，为乖戾。辅星明近，辅臣亲强；斥小，疏弱。"洪兴祖、朱熹等据此提出，司命神有两个，分别为三台之上台二星和文昌宫第四星。蒋骥则认为，除以上二者外，"按《隋志》虚北二星亦曰司命……则司命非徒有两而已"。

关于司命为何分大少，有的学者从男女不同的角度进行阐释，如汤炳正《楚辞今注》曰："大司命为男性神，少司命为女性神。"也有人主张司命神分大少的依据是其职能的大小，如王夫之《楚辞通释》曰："大司命统司人之生死，而少司命则司人子嗣之有无，以其所司者婴稚，故曰少，大则统摄之辞也。"即大司命总管人类的生死，所以称之为大；少司命则专司儿童的命运，所以称之为少。由两篇中具体内容来看，《大司命》云"纷总总兮九州，何寿夭兮在予"，《少司命》云"夫人兮自有美子，荪何以兮愁苦"，王夫之说的似乎也不无道理。

司命神是掌管生命的重要神祇，祭祀司命神是周秦至汉代极为普遍的一项活动，如《史记·封禅书》说："晋巫，祠五帝、东君、云中君、司命、巫社、巫祠、族人、先炊之属。"人们为了永命延年，虔诚而迫切地向神祈福。从开头到"众莫知兮余所为"，淋漓尽致地表现了大司命呼风唤雨、声势夺人的气势，他以龙为马，以云为车，旋风开路，暴雨洒尘，他身着华美的衣服，于九州间传达天帝的命令，掌管众人的夭寿，俨然是主宰一切的天帝。"折疏麻兮瑶华"以下，与前文的威严壮观不同，尽力地表现对大司命的怀念。"折疏麻兮瑶华，将以遗兮离居。"为什么要折疏麻呢？主要是因为麻秆折断后皮仍连在一起，故以"折麻"喻藕断丝连之意，来表现对大司命的依依不舍之情，但大司命最终还是"乘龙"而去。"若今兮无亏"表现了对美好生命的乐观期待，而"固人命兮有当，孰离合兮可为"却让人感觉到人生的无可奈何。《大司命》所祀为寿命之神，表现的正是人们对生命无常的看法。

少司命

秋兰兮麋芜，^① 罗生兮堂下。^②
绿叶兮素枝，^③ 芳菲菲兮袭予。^④
夫人兮自有美子，^⑤ 荪何以兮愁苦？

秋兰兮青青，^⑥ 绿叶兮紫茎。
满堂兮美人，忽独与余兮目成。^⑦

入不言兮出不辞，乘回风兮载云旗。^⑧
悲莫悲兮生别离，乐莫乐兮新相知。

荷衣兮蕙带，^⑨ 倏而来兮忽而逝。^⑩
夕宿兮帝郊，^⑪ 君谁须兮云之际？^⑫

与女游兮九河，冲风至兮水扬波。
与女沐兮咸池，晞女发兮阳之阿。^⑬
望美人兮未来，临风怳兮浩歌。^⑭

孔盖兮翠旌，^⑮ 登九天兮抚彗星。^⑯
竦长剑兮拥幼艾，^⑰ 荪独宜兮为民正。^⑱

【注释】

①秋兰：香草，即兰草或泽兰，秋末开花时香气更浓，所以也叫"秋兰"。麋芜（míwú，音迷无）：香草。

②罗生：罗列并生。

49

③ 素枝：素色的花，秋兰和麋芜的花都是颜色淡素的。

④ 袭：侵及，言香气袭人。予：我，主祭者自称。

⑤ 夫人：犹言众人。美子：指美好的子女。

⑥ 青青（jīng，音京）："菁菁"之假借，草木茂盛貌。

⑦ 忽：快的样子。目成：指两情相悦，用目光来传达情意，是恋爱成功的象征，所以叫"目成"。

⑧ 回风：犹"飘风"，迅疾的旋风。载：设置，此指在车上插着。云旗：即以云为旗。

⑨ 荷衣：以荷为衣。蕙带：以蕙为带。

⑩ 倏（shū，音书）、忽：形容迅疾、飘忽。逝：往，去。

⑪ 帝郊：天帝的城郊，犹言"天界"。

⑫ 君：指少司命。谁须：即"须谁"之倒装。须，等待。云之际：云间、云端。

⑬ 晞（xī，音希）：晒干。阳之阿：初日所照之地。

⑭ 临风：犹"迎风"。怳（huǎng，音恍）：怅惘失意，神思不定貌。浩歌：大声唱歌。

⑮ 孔盖：以孔雀尾为车盖。翠旌：以翡翠羽为旌旗。

⑯ 九天：古人以为天有九层，故谓之"九天"。此指天之最高处。抚：持。彗星：又称扫帚星。古代传说天上有扫帚星，彗星像帚，是用来扫除污秽的。

⑰ 竦（sǒng，音耸）：执。拥：护卫。幼艾：此处犹指"美子"，与篇首相应。

⑱ 荃：少司命。正：公正无私。由形容词转为名词。

【评析】

与《大司命》中严肃壮观的场面不同，《少司命》中的氛围要柔婉很多，因此诸学者对少司命的性别便提出了不同意见。旧之学者多认为少司命为男性神，如朱熹《楚辞集注》曰："少司命亦阳神而少卑者。"刘永济《屈赋音注详解》曰："朱熹说：'古者事男神用巫（女巫），事女神用觋（男巫）。'可信。大司命、少司命皆男神，此两篇抒情悲苦而柔婉，亦与女性相合。"近代学者则提出少司命可能为女性神，如袁梅《屈原赋译注》以为"少司命为古代传说中执掌人间子嗣及儿童命运的女神"，汤炳正《楚辞今注》中说："或谓少司命之祭如古之高禖，其神如后世之送子娘娘，殆近之。……少司命为女性神。"《少司命》中的神执掌人间子嗣及儿童命运，她美丽、善良、温柔、圣洁，充满慈爱，手挥大帚，横扫奸凶，为民除害，篇中对少司命的敬慕赞美，让我们完全可以猜测少司命是一位可爱的女神。

　　文章开头"秋兰"四句描述了清雅素净的祭祀现场。接下来两句则安慰少司命不必担忧，人们已在她的护祐下喜得贵子，说明神、人间的相互体贴与关怀。下四句讲少司命降临人间了，"满堂兮美人，忽独与余兮目成"，这句话的解释历来有争议。有人认为讲的是男巫与女神的情感；有人则认为"满堂美人"既是女性，那么少司命就应该是男神；还有人肯定少司命为女神，把"满堂美人"说成是"美男子"。金开诚先生则认为"美人"是指群巫，她们是代表人世的女性来礼神、乐神的。"目成"是说通过眉目传情来结成友谊。少司命专管子嗣和儿童命运，自然要和女性发生亲密的关系；少司命又是女神，所以她与"满堂美人"结成的是友谊而非爱情。但少司命并没有过多的时间与这些新的朋友交谈，"入不言兮出不辞"，"倏而来兮忽而逝"，她甚至进来没说一句话，临走也未告别，就要乘车返航了。她不胜感慨地说："悲莫悲兮生别离，乐莫乐兮新相知。"字里行间洋溢着感伤、幽怨之情。夜晚群巫问宿于天帝之郊的女神：您在这儿等候什么人呢？少司命答道："我在天郊等的就是你们啊，我要和你们一起在天池里沐浴，在初升的太阳里晒干头发。"但人间的朋友们怎么才能跑到天上来呢？少司命感到惆怅，当风高歌以抒发她的感情。最后四句，诗人想象少司命已经远去，带着全副仪仗登上九天，拿着"扫帚"为人类扫除邪恶与灾祸。所以，洪兴祖《楚辞补注》引《左传》曰："天之有彗，以除秽也。"

东　　君

暾将出兮东方，^① 照吾槛兮扶桑。^②
抚余马兮安驱，^③ 夜皎皎兮既明。

驾龙辀兮乘雷，^④ 载云旗兮委蛇。^⑤
长太息兮将上，心低徊兮顾怀。^⑥
羌色声兮娱人，^⑦ 观者憺兮忘归。^⑧

緪瑟兮交鼓，^⑨ 箫钟兮瑶虡。^⑩
鸣篪兮吹竽，^⑪ 思灵保兮贤姱。^⑫
翾飞兮翠曾，^⑬ 展诗兮会舞。^⑭
应律兮合节，^⑮ 灵之来兮蔽日。^⑯

青云衣兮白霓裳，^⑰ 举长矢兮射天狼。^⑱
操余弧兮反沦降，^⑲ 援北斗兮酌桂浆。^⑳
撰余辔兮高驰翔，^㉑ 杳冥冥兮以东行。^㉒

【注释】

　　① 暾（tūn，音吞）：初升的太阳。

②吾：此处是由灵巫代扮的日神自称"我"。槛（jiàn，音见）：栏杆，或门槛。扶桑：每天早晨日出首先照到此树。

③抚：通"拊"，拍，击。马：驾车的马，日所乘也。安驱：徐徐前行。

④辀（zhōu，音舟）：车辕，这里以偏概全，代车。乘雷：指车轮滚动之声洪大如雷，或指轮声如雷之大车，即"龙辀"。

⑤云旗：以云霞为旗，或美如云霞之旗。委蛇（wēiyí，音威仪）：亦作"逶迤"，舒卷自如貌，宛转延伸貌。

⑥低徊：徘徊不进，流连。顾怀：眷顾怀念。

⑦羌：楚方言之发语词。色声：指乐舞。娱人：使人快乐。

⑧观者：指与祭者、观礼者。憺（dàn，音旦）：安适，安逸。

⑨缅（gēng，音耕）：把弦上紧。交鼓：对击鼓。

⑩箫钟：敲响钟。箫，敲击。瑶虡（jù，音巨）：摇动悬挂钟磬的木架。瑶，"摇"的借字，摇动。虡，悬挂钟、磬的木架。

⑪鸣篪（chí，音迟）：吹响篪。篪，乐器名，竹制，横吹。

⑫灵保：指扮日神的灵巫，亦即巫所扮之日神。贤：善良。姱（kuā，音夸）：美好。

⑬翾（xuān，音宣）：鸟轻轻飞翔貌。翠：一种羽毛翠绿的鸟。曾（zēng，音增）：举翼。

⑭展诗：此指陈诗而唱。会舞：此指以歌配合舞蹈。

⑮应律：指歌舞与音律相和谐。合节：与音乐的节拍相协和。

⑯灵：此指日神及其从属。蔽日：遮天蔽日，言神灵之多。

⑰青云衣：以青云为上装。白霓裳：以白虹为下装。霓，亦称副虹。

⑱矢：星宿名，指弧矢星，又称天弓，由九颗星组成弓箭形，箭头常指向天狼星。与下文之"弧"同义。天狼：星宿名，一颗位于东井之南、弧矢星之西北的星。

⑲ 操：持。弧：星宿名，指弧矢星。反：反身。沦降：指太阳西沉。

⑳ 援：举起。北斗：此以北斗喻酒器。酌：斟酒，饮酒。桂浆：桂花酒。

㉑ 撰：控握。辔：马缰绳。

㉒ 杳冥冥：深幽昏暗貌。

【评析】

《广雅》云："日名耀灵，一名朱明，一名东君，一名大明，亦名阳乌，日御曰羲和。"朱熹据此以为"此日神也"，汪瑗、陈第、王夫之等多从其说。在此基础上，又有学者提出日神就是羲和。此外，王闿运《楚辞释》则主张东君"盖句芒之神"。

实际上，羲和本是帝尧时期的大臣，《尚书·虞书·尧典》云："乃命羲和，钦若昊天，历象日月星辰，敬授人时。"《尚书·夏书·胤征》云："羲和废厥职，酒荒于厥邑，胤后承王命徂征。"《吕氏春秋·审分览第五·勿躬》云："羲和作占日。"后来在传说中，羲和的身份变成了日御，《文选》左思《三都赋·蜀都赋》李善注引《广雅》云："日御谓之羲和。"又《初学记》引《淮南子·天文》云："爰止羲和，爰息六螭。"徐坚注云："日乘车，驾以六龙，羲和御之。"屈原《离骚》云："吾令羲和弭节兮，望崦嵫而勿迫。"又《山海经·大荒南经》云："东南海之外，甘水之间，有羲和之国。有女子名曰羲和。……羲和者，帝俊之妻，生十日。"在这里，羲和又是太阳的母亲。从这些例子中，我们清楚地看到，日神即东君，但是日神并不是羲和，羲和只是和日神有密切关系的一个人或者神而已。句芒本名重，据《左传·昭公二十九年》载："献子曰：'社稷五祀，谁氏之五官也？'对曰：'少暤氏有四叔，曰重、曰该、曰修、曰熙，实能金、木及水。使重为句芒，该为蓐收，修及熙为玄冥，世不失职，遂济穷桑，此其三祀也。"后五行学家将诸神进行划分，将句芒作为东方神，《山海经·海外东经》曰："东方句芒，鸟身人面，乘两龙。"王闿运称东君为句芒之神大概正来源于此。

其实，《东君》当是祭祀日神的歌辞，之所以称东是因其出于东方，称君则是其为神之尊称。诗歌以一轮喷薄而出的红日为开端，将气氛渲染得十分浓烈。紧接着描写了一个日神行天的壮丽场面，他驾着龙车，响声如雷，云旗招展，煞是显赫。后二句笔锋一转，东君发出长长的叹息，慨叹自己将回到栖息之所，而不能长久陶醉在给人类带来光明的荣耀中。从"羌色声兮娱人"到"展诗兮会舞"则描述了一个极其隆重热烈迎祭日神的场面。人们弹起琴瑟，敲起钟鼓，吹起篪竽，翩翩起舞。祭祀场面的描写很热烈，不过，尽管祭祀是如此隆重，场面是如此热闹，但日神并未降临，仅仅是在高空的俯瞰中表示愉悦之意，他之所以不停留，是因为要永不停息地运行，放射光和热，使人们持续不断地生存着。最后八句写太阳神的司职——为人类带来光明，除去侵略的灾难，显示出大公无私的威灵。和其他篇一样，本篇所塑造的日神形象就是太阳本身的形象。他从吐出光明到渐渐升起，从丽影当空到金乌西坠，始终在勤劳不息地运行，给人以光明、伟大、具有永久意义的美感。凡此一切，都是紧紧围绕着一个主题，即对太阳的礼赞。

河　伯

与女游兮九河，^① 冲风起兮横波。^②
乘水车兮荷盖，^③ 驾两龙兮骖螭。^④

登昆仑兮四望，心飞扬兮浩荡。^⑤

日将暮兮怅忘归，惟极浦兮寤怀。⑥

鱼鳞屋兮龙堂，紫贝阙兮朱宫，⑦
灵何为兮水中？
乘白鼋兮逐文鱼，⑧与女游兮河之渚，
流澌纷兮将来下。⑨
子交手兮东行，⑩送美人兮南浦。⑪
波滔滔兮来迎，鱼鳞鳞兮媵予。⑫

【注释】

① 女：汝。九河：传说大禹治水时，把黄河分为九道，所以称黄河为九河。

② 冲风：暴风。横波：指黄河掀起汹涌的波涛。

③ 水车：能在水中行驶的车，是河伯所乘。荷盖：以荷叶为盖。

④ 骖螭：以两螭为边马。骖，古车独辕，车辕两内侧的马叫"服"，两外侧的马叫"骖"。螭，传说中一种没有角的龙。

⑤ 浩荡：指意绪放达，无拘无束，浩荡无边。

⑥ 惟：思念。极浦：遥远的水崖。寤怀：眷怀。

⑦ 阙：古代宫门两侧高台上的楼观。

⑧ 鼋（yuán，音元）：鳖科爬行动物。逐：跟从。

⑨ 流澌（sī，音斯）：犹言流水。纷：盛多貌。将：语中助词。

⑩ 交手：拱手揖别。

⑪ 美人：指河伯。南浦：地名，在黄河之南。

⑫ 鳞鳞：比次相连貌。媵（yìng，音映）：本指随嫁之人，此处有"伴随"之意。

【评析】

关于本篇的主题，学者多以为是祭祀黄河之神。如游国恩《楚辞论文集·论九歌山川之神》说："窃尝反复玩索，以意逆志，而后知其确为咏河伯娶妇事也。"郭沫若《屈原赋今译》说："女，当指洛水的女神。下文有'送美人兮南浦'，我了解为男性的河神与女性的洛神讲恋爱。"刘永济《屈赋通笺》说："此篇所言虽皆巫迎神时候的想望之词，然观其中写九河之风涛汹涌，则极其悲壮，写洲渚之冰渐纷流，又极其苍凉。"但亦有学者以为本篇与黄河无关，如蒋天枢《楚辞校释》说：《九歌》之有《河伯》，与河渎祀事无关，特藉以托喻己奔驰想象之情，出无入有之意象。"

河伯是黄河之神，绝无疑义。春秋时，河伯称河神，战国时有河伯之名，《竹书纪年》载，夏帝芬十六年，"洛伯用与河伯冯夷斗"，《穆天子传》载"阳纡之山，河伯无夷之所都居"。河为四渎之一，河伯是尊贵的地祇，殷、周以来均入祀典，褚少孙补《史记·滑稽列传》载有河伯娶妇事，《庄子·秋水》说："秋水时至，百川灌河。泾流之大，两涘渚崖之间，不辩牛马。于是焉河伯欣然自喜，以天下之美为尽在己。顺流而东行，至于北海，东面而视，不见水端，于是焉河伯始旋其面目，望洋向若而叹曰：'野语有之曰，闻道百以为莫己若者，我之谓也。且夫我尝闻少仲尼之闻而轻伯夷之义者，始吾弗信；今我睹子之难穷也，吾非至于子之门则殆矣，吾长见笑于大方之家。'"

楚国亦有祭河之俗，据《左传》载，宣公十二年，楚庄王在晋楚邲之战后曾"祀于河，作先君宫，告成事而还"；哀公六年，"昭王有疾。卜曰：'河为祟。'王弗祭。大夫请祭诸郊"。本篇当即楚地祭黄河神的诗歌。

诗歌从开始至"流渐纷兮将来下"描写了祭祀者想象中与河神共

游的情景。大风起兮，波浪翻腾，一开头，就以开阔的视野描述了黄河的伟大雄壮。河神坐在由飞龙驾驶的水车上，车顶覆盖着荷叶，遨游黄河，逆流而上，一直飞到黄河的发源地昆仑山。来到昆仑，登高一望，面对浩浩荡荡的黄河，不禁心胸开张，意气昂扬。但是很遗憾，天色将晚，忘了归去。他所思念的家在哪里呢？那是一个鱼鳞盖屋，满堂画龙，紫贝作阙，丹朱饰殿的水中之宫。河伯接下来便乘着白色的灵物大鳖，边上跟随着有斑纹的鲤鱼，在河上畅游，浩荡的黄河之水缓缓流来。最后四句为第二层，写河伯与女巫的依依惜别。河伯巡视于黄河下游，波涛滚滚而来，热烈地欢迎河伯的莅临，成群结队排列成行的鱼儿也赶来为他护驾。故事到此结束，河伯的水神形象也得以淋漓尽致地展现。

山　鬼

若有人兮山之阿，[①]　被薜荔兮带女萝。[②]
既含睇兮又宜笑，[③]　子慕予兮善窈窕。[④]

乘赤豹兮从文狸，[⑤]　辛夷车兮结桂旗。[⑥]
被石兰兮带杜衡，　折芳馨兮遗所思。[⑦]
余处幽篁兮终不见天，[⑧]　路险难兮独后来。[⑨]

表独立兮山之上，[⑩]　云容容兮而在下。[⑪]
杳冥冥兮羌昼晦，[⑫]　东风飘飘兮神灵雨。[⑬]
留灵修兮憺忘归，[⑭]　岁既晏兮孰华予？[⑮]

采三秀兮于山间，[⑯]　石磊磊兮葛蔓蔓。[⑰]

怨公子兮怅忘归，君思我兮不得闲。

山中人兮芳杜若，^⑱饮石泉兮荫松柏，^⑲
君思我兮然疑作。^⑳

雷填填兮雨冥冥，^㉑猨啾啾兮狖夜鸣。^㉒
风飒飒兮木萧萧，^㉓思公子兮徒离忧。^㉔

【注释】

① 若有人：仿佛似人，指山鬼。山之阿（ē，音婀）：指山中深曲的地方。

② 被：同"披"，穿着。薛荔：植物名。又称木莲。带女萝：以女萝为带。女萝，又叫菟丝，一种爬蔓寄生植物。

③ 含睇（dì，音弟）：含情而视。宜笑：恰当的笑，指笑得很自然。

④ 子、予："子"为山鬼思念之人，"予"为山鬼。慕：爱慕。窈窕（yǎotiǎo）：文静而美好。

⑤ 乘赤豹：让赤豹驾车。乘，驾。从：使……随从。文狸：有花纹的狸。

⑥ 辛夷车：以辛夷香木做的车。结：编织。

⑦ 芳馨：指香花香草，即石兰、杜衡等。馨，远播之香气。遗（wèi，音未）：赠与。所思：指所思念的人。

⑧ 余：山鬼自称。幽篁（huáng，音皇）：竹林深处。终：始终，或终日。

⑨ 险难：形容处境的恶劣，说明"独后来"的原因。后来：来迟。

⑩ 表：特出，突出。独立：独自站在。

⑪ 容容：同"溶溶"，本指流水盛大貌，此谓云霞舒展飘荡犹如流

水，形成一片云海。

⑫ 杳：幽深，深远。冥冥：昏暗不明貌。昼晦：白昼也晦暗不明。

⑬ 飘飘：风猛烈貌。雨：动词，降雨。

⑭ 留：挽留，或留恋。灵修：此处美称私爱之人，同于"子""公子"等。憺（dàn，音旦）：安适，舒适。

⑮ 岁：年岁。晏：迟，晚，指年纪大了。华予：犹"美予"，以我为美丽可爱。华，美。

⑯ 三秀：灵芝的别名。灵芝一年开花三次，故又称三秀。秀，开花。

⑰ 磊磊：众石堆叠貌。葛：植物名，藤本蔓生，茎中纤维可织成葛布。蔓蔓：形容葛藤蔓延绵长貌。

⑱ 山中人：当为山鬼自称。芳杜若：即说自己芳洁如杜若。杜若，香草名，亦名山姜。

⑲ 饮石泉：饮山岩间的清泉。荫松柏：以松柏为荫庇，指居息于松柏下。荫，动词，遮蔽。

⑳ 然疑：将信将疑，半信半疑。然，肯定、相信之义，与"疑"相对。作：起。

㉑ 填填：指雷声。冥冥：形容雨下得迷蒙昏暗。

㉒ 啾啾（jiū，音纠）：猿的叫声。狖（yòu，音又）：古书上说的一种猴，黄黑色。

㉓ 飒飒（sà，音萨）：风声。萧萧：指风吹树叶发出的声音。

㉔ 徒：徒然，白白地。离忧：遭受忧愁。离，通"罹（lí，音离）"，遭受。忧，忧愁。

【评析】

"《山鬼》一篇，谬说最多"（朱熹《楚辞辩证》），其中，关于山鬼的身份便有多种说法。洪兴祖《楚辞补注》曰："《庄子》曰：'山

60

有夔。’《淮南》曰：‘山出嘄阳。’楚人所祠，岂此类乎？”王夫之《楚辞通释》进一步阐释说：“此盖深山所产之物类，亦胎化而生，非鬼也。以其疑有疑无，谓之鬼耳。”汪瑗《楚辞集解》依据《论语》所载季路问事鬼神，孔子答“未能事人，焉能事鬼”事，推测“盖鬼神可以通称也。此题曰山鬼，犹言山神、山灵耳”，未必一定是嘄夔魍魉魑魅之怪异。周拱辰赞同此说，认为“山鬼即山神，与河伯水神正配”。胡文英《屈骚指掌》则认为山鬼“盖有德位之人，死而主此山之祀者”。近代，又有汤炳正《楚辞今注》提出“实则‘山鬼’即山神”，“《山鬼》，殆即楚王室祭祀先王‘立庙号曰朝云’之祭歌”。

山鬼，大概就是山中之神，但非正神，故而称之为鬼。其确切身份，虽无从查实，但据篇中描述可知当为女性，且“既含睇兮又宜笑”。其形象与宋玉《神女赋》中“眸子炯其精朗兮，瞭多美而可观”“目略微眄，精彩相授”的神女形象完美契合。楚国久有巫山神女的传说，《神女赋》即楚襄王夜梦神女后命宋玉所写的作品。基于山鬼与女神形象的相似，加之郭沫若《屈原赋今注》根据诗中“采三秀兮于山间”，提出“于山即巫山”，我们完全有理由推测本篇所描写的可能就是早期流传的巫山神女形象。在具体祭祀过程中，可能是由女巫扮神女，由男巫迎神，二人一同谱写出一段瑰丽的恋歌。

本篇通过美丽善良的山鬼的自述，表达了山鬼对爱人的思恋。从开篇到“折芳馨兮遗所思”为第一部分。起始四句用极其精练的语言正面描绘了女神的意态和姿容，她是那样的空灵缥缈，仪态万方。接着又极力渲染她的车驾随从：火红的豹子，毛色斑斓的花狸，还有开着尖状花朵的辛夷、芬芳四溢的桂枝。自“余处幽篁兮终不见天”以下可看作第二部分，描写山鬼在长时间的期待中产生的细微而复杂的心情，通过她的失恋，表现出坚贞不渝的情操。作者对心理活动的刻画细致入微：“岁既晏兮孰华予”，蕴含着“美人迟暮”的无限哀怨；

"采三秀兮于山间"，表现出她对爱情的执着追求；而"君思我兮不得闲""君思我兮然疑作""思公子兮徒离忧"，则标志着其心理变化的三个过程。"思而忧""忧而思"，两两交织，互为因果，千回百折，愈折愈深，缠绵无尽。

国　殇

操吴戈兮披犀甲，^① 车错毂兮短兵接。^②
旌蔽日兮敌若云，^③ 矢交坠兮士争先。^④

凌余阵兮躐余行，^⑤ 左骖殪兮右刃伤。^⑥
霾两轮兮絷四马，^⑦ 援玉枹兮击鸣鼓。^⑧
天时怼兮威灵怒，^⑨ 严杀尽兮弃原野。^⑩

出不入兮往不反，^⑪ 平原忽兮路超远。^⑫
带长剑兮挟秦弓，^⑬ 首身离兮心不惩。^⑭
诚既勇兮又以武，^⑮ 终刚强兮不可凌。^⑯
身既死兮神以灵，^⑯ 魂魄毅兮为鬼雄。^⑰

【注释】

①吴戈：吴国所制的戈，当时最锋利。这里用吴戈并非实指，而是比喻武器精良。犀甲：以犀牛皮为铠甲。

②错毂（gǔ，音谷）：指双方的战车交错在一起，古代战车轮轴突出轮外，所以会错毂。错，交。毂，指车轮中心用以贯轴的圆木。短兵：刀剑等短兵器。

③旌：古代一种旗，旗杆顶端装饰旄牛尾或鸟羽。蔽日、若云：都

是形容多的样子。

④ 交坠：指敌我对射，箭在双方战阵上交相坠落。

⑤ 凌：侵犯。阵：战阵，古代作战部署的阵式。躐（liè，音列）：践踏。行：行列。

⑥ 骖（cān，音参）：古车独辕，车辕两内侧的马叫"服"，两外侧的马叫"骖"。殪（yì，音义）：死。右刃伤：右边的骖马被刀砍伤。

⑦ 霾（mái，音埋）：此处指车轮深陷于地下。絷（zhí，音值）：绊。

⑧ 援：拿着。玉枹（fú，音服）：指嵌玉为饰的鼓槌。鸣鼓：犹言响鼓。"鸣"是形容词。

⑨ 天时怼：即天怨神怒，惊天地泣鬼神的意思。天时，天象。怼，怨。

⑩ 严：副词，猛烈，严酷。尽：犹终止，谓战事结束。弃原野：指骸骨弃于原野。

⑪ 出不入、往不反：互文，吊死者一去而不归，即"壮士一去不复返"之意。"反"，同"返"。

⑫ 忽：荒忽、萧索。超远：即遥远。

⑬ 秦弓：指最好的弓。秦国制的弓当时最强。

⑭ 惩：戒惧，恐惧。

⑮ 诚：副词，真，实在。以：句中助词。

⑯ 神以灵：指死而有知，英灵不泯。神，精神。

⑰ 毅：指威武不屈。鬼雄：指鬼中之豪杰。

【评析】

王逸《楚辞章句》指出，国殇"谓死于国事者。《小尔雅》曰：无主之鬼谓之殇"。戴震《屈原赋注》云："殇之义二：男女未冠（二十岁）笄（十五岁）而死者，谓之殇；在外而死者，谓之殇。殇之言伤也。国殇，死国事，则所以别于二者之殇也。歌此以吊之，通篇直赋其事。"王泗原《楚辞校释》云:"祀为国战死者。非考终命,即非正命而死,曰殇。殇而曰国殇,鬼而曰鬼雄,颂扬之极,尊崇之至。"在战场上阵亡的战士为国捐躯,国家是他们的祭主,所以称作"国殇"。

《国殇》祭祀人鬼,与前九篇祭祀自然界神祇的情况大不相同。对于这一情况,王闿运在《楚辞释》中提出"《国殇》旧祀所无,兵兴以来新增之,故不在数",即《国殇》并非《九歌》原有内容,是后来新加入的。《国殇》的写作,有着极其现实的客观历史意义,诚如蒋骥《山带阁注楚辞》中所说:"怀襄之世,任谗弃德,背约忘亲,以至天怒神怨,国蹙兵亡,徒使壮士横尸膏野,以快敌人之意。原盖深悲而极痛之,其曰'天时怼兮威灵怒',著衄兵之非偶然也。呜呼,其旨微矣。"

根据《史记·楚世家》,楚怀王十七年,楚与秦战丹阳。秦大败楚军,斩甲士八万,虏大将屈匄,遂取汉中郡。楚悉国兵复袭秦,又大败于蓝田。二十八年,秦与齐、韩、魏共攻楚,杀楚将唐眛,取重丘。二十九年,秦复攻楚,大败楚军,死者二万,杀将军景缺。三十年,秦复伐楚,取八城。楚顷襄王元年,秦攻楚,大败楚军,斩首五万。楚国在强秦的不断侵袭下,在战争中付出了惨痛的代价。

《国殇》是阵亡将士的祭歌。表现出了极其沉痛的心情,诗歌前十句对战争场景的描写颇具历史真实感。"旌蔽日兮敌若云",这是一场敌众我寡的殊死战斗,但将士们仍个个奋勇争先,当敌人来势汹汹,欲长驱直入时,主帅仍毫无惧色,他举槌擂响了进军的战鼓。一时杀气冲天,苍天也跟着震怒起来。但最终寡不敌众,战场上只留下一具具尸体,静卧荒野。不过十句,将一场殊死恶战,写得栩栩如生,极富感染力。后八句用饱含情感的笔触,讴歌死难将士。出征时不顾路途遥远,前程渺茫,甘愿从军,为国捐躯;战场上虽身首分离却仍然带剑持弓，毫无畏惧，将士们英勇刚强，忠魂义魄，永不泯灭！篇中不但歌颂了英雄们的崇高品质和英勇精神，而且最后以"魂魄毅兮为鬼雄"作结，对洗雪国耻寄予了无限希望，体现了广大人民同仇敌忾的情绪。屈原在本篇采取了直赋其事的表现手法，和其他各篇殊异。这种由热烈、慷慨、悲壮的气氛所形成的风格，在《九歌》中是独树一帜的。

礼　魂

成礼兮会鼓，^① 传芭兮代舞。^② 姱女倡兮容与。^③
春兰兮秋菊，长无绝兮终古。

【注释】

① 成礼：是"礼成"的倒文，指祭祀的完成。祭祀最后一个礼节是送神，故云。会鼓：指鼓声齐作。

② 传芭：指女巫舞时，把花朵互相传递。代舞：指轮番跳舞。

③ 姱（kuā，音夸）女倡：指美丽的女巫唱歌。容与：从容貌。这里状歌舞进退的容态。

【评析】

《礼魂》为现《九歌》最后一篇，其节奏轻快，且无具体祭祀对象，在风格、内容、形式等方面与前十篇都存较大差异，故而学者对《礼魂》的理解也多有不同。

关于本篇，有学者以为是前十篇所通用的送神曲，如王夫之《楚辞通释》曰："凡前十章，皆各以其所祀之神而歌之，此章乃前十祀之所通用。而言终古无绝，则送神之曲也。"王夫之首先指出《礼魂》

是送神之曲，后来王邦采、王闿运、梁启超等赞成这种说法，认为"礼魂"，即是在前面各项祭礼完成之后，集合众巫综合表演大合奏、大合唱、集体舞蹈，以表达对神灵的虔诚和祝祷。与之相似的另一说法，是《礼魂》为前十篇所共有的乱辞，如汪瑗《楚辞集解》曰："礼魂者，谓以礼而祭其神也，即章首'成礼'之'礼'字。盖此篇乃前十篇之乱辞，故总以'礼魂'题之。前十篇祭神之时，歌以侑觞，而每篇歌后，当续以此歌也。后世不知此篇为《九歌》之乱辞，故释题义者多不明也。"

另有学者认为《礼魂》是"祭善终者"，如林云铭《楚辞灯》说："此承上《国殇》而作。《国殇》通篇，绝不言致祭一字，以其弃原野，无主敛殡，不能成礼，拜献歌舞，不足道也，止称其勇武刚强忘身为国，已足慰其灵于地下。《礼魂》但言致祭娱魂，绝不言生前行实一字，以其生前无行实可称，故其不同如此。"林云铭以为《礼魂》并非送神曲，而是作为《国殇》的补充。

但此后又有陈本礼在《屈辞精义》提出反驳，陈本礼认为："招魂而祀之曰礼，非仅礼善终者之词。"因《九歌》之前九篇所祭之神，如东皇太一、云中君、湘君、湘夫人等均为自然神祇，无"魂"，仅《国殇》之为国捐躯者有"魂"，陈本礼此说似乎表示《礼魂》与《国殇》本为一体。因此，蒋天枢在陈本礼的基础上于《楚辞校释》进一步阐释说："《九歌》所托言之鬼神至《国殇》而告终。《礼魂》之'魂'，即《国殇》之'魂'，所谓'神以灵'者是也。礼，体也。体其情以致其敬，为对国殇应有之事，亦社会所肸蚃于无穷者。"

我们认为，《国殇》《礼魂》这两篇作品，本来应该是一篇，也就是说，《礼魂》是《国殇》的乱词，是对国殇之魂的赞美。蒋骥《山带阁注楚辞》："礼魂，盖有礼法之士，如先贤之类，故备礼乐歌舞以享之，而又期之千秋万祀而不祧也。"只不过，这一部分只是针对

《国殇》的乱词，在完成了对阵亡将士的祭祀过程后，重申祭祀时的虔诚，并以祀典终古不绝作结，来表现无尽的思念之意。而《国殇》是在流传过程中加入到《九歌》中的，两诗合并后，变成现在的面貌。今存唐代欧阳询、宋代米芾等人抄写的《九歌》，皆不存《国殇》和《礼魂》，也说明《国殇》和《礼魂》在《楚辞补注》之前，或并不在《九歌》中。

天　　问

屈原

曰：遂古之初，^① 谁传道之？^②
上下未形，^③ 何由考之？^④

冥昭瞢暗，^⑤ 谁能极之？^⑥
冯翼惟像，^⑦ 何以识之？

明明暗暗，^⑧ 惟时何为？^⑨
阴阳三合，^⑩ 何本何化？^⑪

圜则九重，^⑫ 孰营度之？^⑬
惟兹何功，^⑭ 孰初作之？

斡维焉系，^⑮ 天极焉加？^⑯
八柱何当，^⑰ 东南何亏？^⑱

九天之际，安放安属？ ⑲
隅隈多有，⑳ 谁知其数？

天何所沓？ ㉑ 十二焉分？ ㉒
日月安属？ ㉓ 列星安陈？ ㉔

出自汤谷，㉕ 次于蒙汜。㉖
自明及晦，所行几里？

夜光何德，㉗ 死则又育？ ㉘
厥利维何，㉙ 而顾菟在腹？ ㉚

女歧无合，㉛ 夫焉取九子？ ㉜
伯强何处？ ㉝ 惠气安在？ ㉞

何阖而晦？ ㉟ 何开而明？
角宿未旦，㊱ 曜灵安藏？ ㊲

不任汩鸿，㊳ 师何以尚之？ ㊴
佥曰"何忧"，㊵ 何不课而行之？ ㊶

鸱龟曳衔，㊷ 鲧何听焉？ ㊸
顺欲成功，㊹ 帝何刑焉？ ㊺

永遏在羽山，㊻ 夫何三年不施？ ㊼

伯禹愎鲧，^㊽夫何以变化？

纂就前绪，^㊾遂成考功。^㊿
何续初继业，^㉛而厥谋不同？^㉜

洪泉极深，^㉝何以寘之？^㉞
地方九则，^㉟何以坟之？^㊱

河海应龙？^㊲何画何历？^㊳

鲧何所营？^㊴禹何所成？
康回冯怒，^㊵地何故以东南倾？

九州安错？^㊶川谷何洿？^㊷
东流不溢，孰知其故？

东西南北，其修孰多？^㊸
南北顺椭，^㊹其衍几何？^㊺

昆仑县圃，^㊻其尻安在？^㊼
增城九重，^㊽其高几里？

四方之门，其谁从焉？^㊾
西北辟启，^㊿何气通焉？

日安不到？^㉛烛龙何照？^㉜

羲和之未扬，⁷³ 若华何光？⁷⁴

何所冬暖？何所夏寒？
焉有石林？⁷⁵ 何兽能言？

焉有虬龙，⁷⁶ 负熊以游？⁷⁷

雄虺九首，⁷⁸ 倏忽焉在？⁷⁹
何所不死？⁸⁰ 长人何守？⁸¹

靡蓱九衢，⁸² 枲华安居？⁸³
灵蛇吞象，⁸⁴ 厥大何如？

黑水、玄趾，⁸⁵ 三危安在？⁸⁶
延年不死，寿何所止？

鲮鱼何所？⁸⁷ 鬿堆焉处？⁸⁸
羿焉彃日？⁸⁹ 乌焉解羽？⁹⁰

禹之力献功，⁹¹ 降省下土四方。⁹²
焉得彼嵞山女，⁹³ 而通之于台桑？⁹⁴

闵妃匹合，⁹⁵ 厥身是继。⁹⁶
胡维嗜不同味，⁹⁷ 而快朝饱？⁹⁸

启代益作后，⁹⁹ 卒然离蟨。¹⁰⁰

何启惟忧，⑩⑴ 而能拘是达？⑩⑵

皆归射鞠，⑩⑶ 而无害厥躬？⑩⑷
何后益作革，⑩⑸ 而禹播降？⑩⑹

启棘宾商，⑩⑺ 《九辩》《九歌》。⑩⑻
何勤子屠母，⑩⑼ 而死分竟地？⑪⑽

帝降夷羿，⑪⑴ 革孽夏民。⑪⑵
胡射夫河伯，⑪⑶ 而妻彼雒嫔？⑪⑷

冯珧利决，⑪⑸ 封狶是射。⑪⑹
何献蒸肉之膏，⑪⑺ 而后帝不若？⑪⑻

浞娶纯狐，⑪⑼ 眩妻爰谋。⑫⑽
何羿之射革，⑫⑴ 而交吞揆之？⑫⑵

阻穷西征，⑫⑶ 岩何越焉？
化为黄熊，⑫⑷ 巫何活焉？

咸播秬黍，⑫⑸ 莆雚是营。⑫⑹
何由并投，⑫⑺ 而鲧疾修盈？⑫⑻

白蜺婴茀，⑫⑻ 胡为此堂？
安得夫良药，不能固臧？⑬⑽
天式从横，⑬⑴ 阳离爰死。⑬⑵

71

大鸟何鸣，^⑬夫焉丧厥体？

蓱号起雨，^⑭何以兴之？
撰体协胁，^⑮鹿何膺之？^⑯

鳌戴山抃，^⑰何以安之？
释舟陵行，^⑱何以迁之？

惟浇在户，^⑲何求于嫂？
何少康逐犬，^⑭而颠陨厥首？^⑭
女歧缝裳，^⑭而馆同爰止。^⑭
何颠易厥首，^⑭而亲以逢殆？^⑭

汤谋易旅，^⑭何以厚之？
覆舟斟寻，^⑭何道取之？^⑭

桀伐蒙山，^⑭何所得焉？
妹嬉何肆，^⑮汤何殛焉？^⑮

舜闵在家，^⑮父何以鱞？^⑮
尧不姚告，^⑮二女何亲？^⑮

厥萌在初，何所意焉？^⑮
璜台十成，^⑮谁所极焉？

登立为帝，孰道尚之？

女娲有体，^⑧孰制匠之？^⑨

舜服厥弟，^⑩终然为害。
何肆犬豕，^⑪而厥身不危败？^⑫

吴获迄古，^⑬南岳是止。
孰期去斯，得两男子？^⑭

缘鹄饰玉，^⑮后帝是飨。^⑯
何承谋夏桀，终以灭丧？

帝乃降观，^⑰下逢伊挚。^⑱
何条放致罚，^⑲而黎服大说？^⑳

简狄在台，^㉑喾何宜？^㉒
玄鸟致贻，^㉓女何喜？

该秉季德，^㉔厥父是臧。^㉕
胡终弊于有扈，^㉖牧夫牛羊？

干协时舞，^㉗何以怀之？
平胁曼肤，^㉘何以肥之？

有扈牧竖，^㉙云何而逢？
击床先出，^㉚其命何从？

恒秉季德，⑱ 焉得夫朴牛？⑱
何往营班禄，⑱ 不但还来？

昏微遵迹，⑱ 有狄不宁。
何繁鸟萃棘，⑱ 负子肆情？⑱

眩弟并淫，危害厥兄。
何变化以作诈，而后嗣逢长？

成汤东巡，有莘爰极。⑱
何乞彼小臣，⑱ 而吉妃是得？⑱

水滨之木，⑲ 得彼小子。⑲
夫何恶之，⑲ 媵有莘之妇？⑲

汤出重泉，⑲ 夫何罪尤？⑲
不胜心伐帝，⑲ 夫谁使挑之？⑲

会晁争盟，⑲ 何践吾期？⑲
苍鸟群飞，⑳ 孰使萃之？

列击纣躬，㉑ 叔旦不嘉。㉒
何亲揆发，㉓ 定周之命以咨嗟？㉔
授殷天下，其位安施？㉕
反成乃亡，其罪伊何？㉖

74

争遣伐器，㉒ 何以行之？
并驱击翼，㉒ 何以将之？㉒

昭后成游，㉑ 南土爰底。㉑
厥利惟何，逢彼白雉？

穆王巧梅，㉒ 夫何周流？
环理天下，㉒ 夫何索求？

妖夫曳衒，㉒ 何号于市？
周幽谁诛？㉒ 焉得夫褒姒？

天命反侧，㉒ 何罚何佑？
齐桓九会，㉒ 卒然身杀。㉒

彼王纣之躬，孰使乱惑？
何恶辅弼，㉒ 谗谄是服？㉒

比干何逆，㉒ 而抑沉之？㉒
雷开何顺，㉒ 而赐封之？

何圣人之一德，㉒ 卒其异方：㉒
梅伯受醢，㉒ 箕子详狂？㉒

稷维元子，㉒ 帝何竺之？㉒
投之于冰上，鸟何燠之？㉒

何冯弓挟矢，㉑殊能将之？
既惊帝切激，何逢长之？㉜

伯昌号衰，㉝秉鞭作牧。㉞
何令彻彼岐社，㉟命有殷国？

迁藏就岐，㊱何能依？
殷有惑妇，㊲何所讥？

受赐兹醢，㊳西伯上告。
何亲就上帝罚，殷之命以不救？

师望在肆，㊳昌何识？㊵
鼓刀扬声，㊶后何喜？

武发杀殷，㊷何所悒？㊸
载尸集战，㊹何所急？

伯林雉经，㊺维其何故？
何感天抑墜，㊻夫谁畏惧？

皇天集命，惟何戒之？
受礼天下，㊼又使至代之？

初汤臣挚，㊽后兹承辅。

何卒官汤，^㉘尊食宗绪？^㉚

勋阖、梦生，^㉛少离散亡。
何壮武厉，^㉜能流厥严？

彭铿斟雉，^㉝帝何飨？^㉞
受寿永多，夫何久长？

中央共牧，^㉟后何怒？
蜂蛾微命，^㊱力何固？

惊女采薇，^㊲鹿何佑？
北至回水，萃何喜？

兄有噬犬，^㊳弟何欲？
易之以百两，卒无禄？

薄暮雷电，^㊴归何忧？
厥严不奉，^㊵帝何求？

伏匿穴处，^㊶爰何云？
荆勋作师，^㊷夫何长？

悟过改更，我又何言？
吴光争国，^㊸久余是胜。

何环穿自闾社丘陵，爰出子文？㉔

吾告堵敖以不长。㉕

何试上自予，㉖忠名弥彰？㉗

【注释】

① 遂：通"邃"，深远。

② 道：道理，真理。这是说人类文明是谁所传播。

③ 上下：天地。

④ 考：考定，查核。

⑤ 冥昭：指昼夜。冥，幽。昭，明。瞢（méng，音蒙）暗：谓昼夜未分，混沌不明的样子。瞢，不明。暗，此处指昏暗。

⑥ 极：穷极，穷究。

⑦ 冯（píng，音平）翼：浑沌空蒙，氤氲浮动之貌。冯，满。翼，盛。惟像：惟有此像，指无形之像。

⑧ 明明暗暗：阴阳晦明，指日夜相代。

⑨ 惟时：其时。何为：何所作为。

⑩ 阴阳三合：一说"三"指天地人。一说指阴、阳、冲气。近年出土的简帛文献中多见"阴阳掺合"句，故"三"当与"参"同，音"参"。

⑪ 本：本体。化：变化，此处指变化的结果。

⑫ 圜：同"圆"，指天体，谓天形之圆。九重：九层。

⑬ 孰：谁。营度：经营度量。

⑭ 惟兹：这样。何功：何等的功绩，何等的事功。

⑮ 斡（guǎn，音管）维：此处指系在枢纽上的绳索。斡，车毂孔外围金属包裹的圆管状部分。维，系物的大绳。

⑯ 天极：天的极点，天的最高点。加：放，安放。

⑰ 八柱：古人以为，天是由八座如同柱子一般的山支撑起来的。

⑱ 东南何亏：指地形东南低。亏，亏缺。

⑲ 放：放置。属：连接。

⑳ 隅：角。隈（wēi，音危）：弯曲的地方。

㉑ 沓：会合。

㉒ 十二：十二时辰。

㉓ 属：系。

㉔ 陈：陈设，陈列。

㉕ 汤谷：即旸谷，传说中太阳升起的地方。

㉖ 次：住宿。蒙汜：传说中太阳落下的地方。

㉗ 夜光：指月亮。德：秉性，本性。

㉘ 死：晦而无光。育：生，重新明亮起来。

㉙ 厥：其，此处指月亮。

㉚ 顾：眷顾。一说抚育。菟：通"兔"。

㉛ 女歧：传说中的神女。合：交合，匹合。

㉜ 取：取得，此处指生育。九子：九子星。二十八星宿的尾宿有九颗星，又称九子星。

㉝ 伯强：生风之神，类于飞廉。

㉞ 惠气：和顺之风。

㉟ 阖（hé，音和）：关闭。此处指天门的闭合，下文的"开"同指。

㊱ 角宿：东方星。未旦：还没有亮。

㊲ 曜灵：太阳。

㊳ 不任：不堪，不胜任。汩（gǔ，音古）：治理。鸿：大水。

㊴ 师：众也，指众民。尚：崇尚，推举。此句指鲧如果不能胜任治水，为何众民还要崇尚推举他？

㊵ 佥（qiān，音千）：都，皆。

㊶ 课：考察。行：用。

㊷ 鸱（chī，音吃）：一种猛禽。曳（yè，音业）：牵引。衔：口衔。

㊸ 鲧：帝尧时大臣，奉命治水，筑堤防洪，九年不见效，被尧放逐羽山之野。

㊹ 顺欲：按照其本意。成功：成就治水之功。

㊺ 帝：帝尧。刑：施加刑罚。

㊻ 遏：禁锢，拘禁。

㊼ 三年：多年。施：指施刑，一说施为“释”，即释放。

㊽ 伯禹：指夏禹。愎：当作“腹”。

㊾ 纂：继续。绪：前人留下的事业。

㊿ 考：故去的父亲称考。

(51) 续初继业：也即继续初业，这里指禹继续当初鲧治水的事业。

(52) 厥：其，指禹。谋：方法。

(53) 洪泉：指洪水的源头。泉，水源。

(54) 寘（tián，音填）：与“填”同。

(55) 九则：九等。

(56) 坟：分，分别。

(57) 应龙：传说中一种有翅膀的龙。神话传说，大禹治水时，有应龙以尾画地而导水，协助治水。

(58) 历：经历，经过。

(59) 营：经营。

(60) 康回：此处指共工。冯（píng，音平）怒：大怒，盛怒。

(61) 错：设置。

(62) 洿（wū，音乌）：水深。

(63) 修：长。

㉔ 顺椭：犹言渐渐狭而长。

㉖ 衍：余出。此问天地南北狭长，与东西距离相比，多出多少？

㉗ 县（xuán，音玄）：古"悬"字。

㉘ 尻：当作"尻"（kāo），椎骨尾端，指臀部。此处犹言根基。

㉙ 增城：传说中昆仑山上的高城。

㉚ 从：犹言出入。

㉛ 辟：开，打开。启：开启。

㉜ 安：哪里。

㉝ 烛龙：古代神话中的神，在日光照射不到的地方以其目代日为光。

㉞ 羲和：神话中的日御，为太阳驾车的神。

㉟ 若华：若木之花。传说若木之花端有十个太阳，能发光而照耀大地。

㊱ 石林：岩石如树林般矗立。

㊲ 虬：神话传说中无角的龙。

㊳ 负：驮，背负。

㊴ 虺（huǐ，音毁）：毒蛇。

㊵ 倏（shū，音书）忽：速度很快的样子。

㊶ 不死：传说中长寿人所居的国家，即不死国。

㊷ 长人：古代传说中的长人国。守：所居，所在之意。

㊸ 靡：分散，蔓。萍（píng，音平）：萍，浮萍。九衢：形容植物枝杈之多。衢，本意为四通八达的道路，比喻枝叶分叉。

㊹ 枲（xǐ，音喜）：麻类。

㊺ 灵蛇：《山海经》中所载的一种蛇，可吞象，三年然后出其骨。

㊻ 黑水：神话传说水名，出于昆仑山。玄趾：神话传说中地名，那里的人因涉黑水而脚被染黑。玄，黑色。趾，脚。

㊼ 三危：神话中的山名。

⑧⑦鲮鱼：传说中的鱼，人面，有手足，鱼身。

⑧⑧䳤（qí，音其）堆：即䳤雀，传说中一种能吃人的猛禽。

⑧⑨羿：传说中的神射手。传说尧时，十个太阳同时现于空中，草木庄稼枯萎或被晒死，尧就让羿射下了九个太阳。彃（bì，音必）：射。

⑨⑩乌：此处指传说中居住于太阳中的三足乌。

⑨①力：致力于。献：进献。功：功绩。

⑨②降省：下降省察。降，下，从天上下来。省，察。

⑨③盒（tú，音图）山女：盒山氏之女，大禹治水，道娶盒山氏女。盒，地名，位于会稽。

⑨④通：相爱。台桑：地名。

⑨⑤闵：担忧。妃：配偶。

⑨⑥厥：其，此处指禹。继：后代，后嗣。

⑨⑦胡：为何。嗜：嗜好，爱好。

⑨⑧快朝饱：即快一朝之饱，隐喻一时情欲的满足。

⑨⑨启：禹之子，史称夏后启。益：禹之贤臣。后：君。

⑩⑩离蹱（niè，音聂）：犹言遭受灾难。

⑩①惟忧：是忧，这个忧患。

⑩②拘：拘禁。达：解脱，逸出。传说禹传位于伯益，启谋求帝位，遭伯益拘禁，后逃脱，杀伯益，为王。

⑩③射：弓矢。鞠：穷极。

⑩④厥躬：指启。

⑩⑤革：变革。

⑩⑥播降：比喻禹的后代得以相传。播，播种。降，下。

⑩⑦棘：通"亟"。急切，急迫。商：当为"帝"之误字，天帝。

⑩⑧《九辩》《九歌》：此处指传说中的两部天乐，由启把它们偷到人间。

⑩ 勤：企望。屠母：此言启出生的故事，传说启母兪山氏女化成石头，石头裂开而生启。

⑩ 死：古通"屍"，尸。竟地：满地。竟，全，整。

⑪ 夷羿：传说中人物，神话中有同名为羿者，因属于东夷族而称夷羿。

⑫ 革：革除。孽：灾祸。

⑬ 胡：为何。河伯：传说中的水神。

⑭ 妻：动词，以之为妻。雒嫔：洛水女神。传说中洛神是伏羲氏之女，河伯的妻子。

⑮ 冯（píng，音平）：满，弓拉满。珧（yáo，音摇）：蚌壳，古代用在刀、弓上做装饰物，此处借指装饰华贵的弓箭。利：灵巧。决：扳指。用于钩弦放箭的小工具。

⑯ 封豨（xī，音希）：大野猪。此处泛指大的野兽。

⑰ 蒸：通"烝"，冬祭。古有四时之祭而各有专名，冬祭谓之烝。此处蒸肉为泛言，不一定专指冬祭。膏：油脂，指肥美的肉。

⑱ 后帝：天帝。若：顺。

⑲ 浞（zhuó，音浊）：羿之相。纯狐：纯狐氏之女，羿妻。

⑳ 眩：迷惑，迷乱。

㉑ 射革：相传指羿射箭有力，能穿透多层皮革。

㉒ 揆（kuí，音奎）：谋也，算计。

㉓ 阻：险阻。穷：穷绝。西征：西行。

㉔ 黄熊：传说鲧死后化为黄熊。

㉕ 咸：都。秬（jù，音巨）：黑色的黍。

㉖ 莆：蒲草。雚（huán，音环）：同"萑"，芦类植物。

㉗ 由：缘故，缘由。投：放逐。

㉘ 疾：恶。修：长。盈：满。

(129) 蜺：同“霓”，副虹。婴：缠绕，反复盘绕。茀（fú，音扶）：形状逶迤似蛇的白云。

(130) 臧：借为“藏”。

(131) 式：法。从横：即“纵横”，南北曰纵，东西曰横。

(132) 阳离爰死：人失阳气则死。

(133) 大鸟：指王子乔变化而现身的鸟。

(134) 蓱：蓱翳，雨师的名字。号：呼号。

(135) 撰：通“巽”，顺，温顺之义。协：合。胁：胸部两侧。

(136) 膺：受，当。

(137) 鳌：巨龟。戴山：背着山。抃（biàn，音变）：拍手。

(138) 释舟：使舟离水。释，放下。

(139) 浇：古时有力之人，无义，淫佚其嫂。

(140) 少康：传说中夏朝的第五位君主。逐犬：追逐猎犬，指畋猎时追逐猎犬。

(141) 颠陨：坠落、覆亡。

(142) 女歧：浇的嫂子。

(143) 馆：屋舍。止：止息。

(144) 颠易：指杀错了头。少康夜袭，断一人头，以为是浇，实为女歧。

(145) 亲：自身。指女歧自身。殆：灾祸，危险。

(146) 汤：殷王成汤。一说为康之误字，指少康。旅：众，指夏朝民众。

(147) 斟寻：古国名。

(148) 道：方法。

(149) 桀：夏桀，夏朝的末代君主。蒙山：古国名。

(150) 妹嬉（mòxǐ，音末喜）：夏桀妃。

(151) 殛（jí，音及）：诛罚。

(152) 闵：同“悯”，忧。

⑮鳏（guān，音关）：同"鳏"，成年男子无妻室。

⑮不姚告：即"不告姚"，不告诉舜的父亲，指尧不告舜父母而妻之以二女。姚，舜的姓，此处指舜的父亲。

⑯二女：指尧的两个女儿娥皇、女英。

⑯意：臆，推测。

⑯璜台：玉台。成：级，层。

⑯体：身体，形体。女娲人首蛇身，一日七十变。

⑯匠：制作，制造。

⑯服：委屈顺从。弟：指舜的异母弟象。

⑯肆：放肆。此处指肆意作恶。犬豕：此处斥责象如同猪狗一般没有人心。

⑯不危败：指象虽然作恶多端却没有遭受报应而危败。

⑯吴：古国名。获：得。迨古：至古，言其久远。

⑯两男子：指太伯、仲雍。

⑯鹄：天鹅。饰玉：饰以玉，用玉装饰。

⑯后帝：天帝。飨：献祭。

⑯帝：指上帝。或谓指商汤。降观：下降视察。

⑯伊挚：即伊尹，贤臣，辅佐商汤。

⑯条：地名，鸣条。传说夏桀败走鸣条。

⑰黎：黎民。说：同"悦"，喜悦。

⑰简狄：帝喾之妃，传说简狄吞燕卵而生契。当指商人之祖先。

⑰喾（kù，音酷）：传说中五帝之一。宜：相宜，适当。

⑰玄鸟：燕子。致：送来，送给。贻：遗也，赠予。

⑰该：当指王亥。殷人远祖，契的六世孙。秉：秉持，秉承。季：王亥之父。

⑰厥：其。臧：善，好。

⑯弊：败。有扈：古国名。

⑰干：盾。协：和。时：是。

⑱平胁曼肤：旧说为肥泽之貌。胁，胸部两侧。平胁，不见肋骨，言胸肌结实。曼肤，肌肤柔美。

⑲牧竖：当指王亥。

⑳击床先出：指刺杀王亥于床第之间，而王亥抢先逃出去，暂免死。

㉑恒：人名。王季之子，王亥之弟。季：王季。

㉒朴牛：即服牛、驯牛。

㉓营：从事。班禄：颁布爵禄。

㉔昏：即婚，一说暗。微：非。遵：循。

㉕繁鸟萃棘：许多鸟聚集在酸枣树上，比喻众目睽睽之下。

㉖负子：负兹。游国恩曰："犹淹滞床蓐之意。"肆：肆意，放纵。游国恩曰："此问襄王违正道而婚狄女，卒以此来狄祸，不得安宁。何竟有不畏千夫所指，纵其淫乐，为禽兽行，如王子带与隗后之事者乎？怪其无耻之甚也。"

㉗有莘（shēn，音申）：古国名。爰：乃。极：至，达到。

㉘乞：求。小臣：指伊尹。

㉙吉妃：有德淑之妃。

㉚水滨：伊水之滨。木：空桑。传说伊尹生于空桑。

㉛小子：谓伊尹。

㉜恶：厌恶。

㉝媵（yìng，音硬）：陪嫁的人。

㉞重泉：地名。相传汤被夏桀囚禁在重泉，后放出。

㉟罪尤：罪过，过错。

㊱不胜心：指听从天意，情不自禁。

㊲挑：挑动，招呼。

⑲⑧ 会：会合。朝：同"朝"，早上。盟：盟誓。

⑲⑨ 践：履行。吾期：我约定的（伐纣）期限，此处是以武王的口吻。

⑳⓪ 苍鸟：鹰。

㉑① 列：诛，杀。躬：身体。

㉑② 叔旦：周公旦，武王的弟弟，名旦。嘉：善。

㉑③ 揆：度，谋。发：姬发，武王名。

㉑④ 咨嗟：叹息。

㉑⑤ 安施：如何做。施，施用。

㉑⑥ 伊：语气助词。

㉑⑦ 伐器：攻伐之器，兵器。

㉑⑧ 并驱：犹言齐驱，指伐纣的军队争相驱进。击翼：攻击纣王军队的左右两翼。

㉑⑨ 将：率领，统率。

㉑⓪ 昭后：指周昭王。成游：实现、完成出游。

㉑① 南土：南方。底：至，到。

㉑② 穆王：周穆王。巧梅（měi，音美）：巧于贪求。

㉑③ 环理：周行。

㉑④ 妖夫：妖怪。曳：牵、引。衒（xuàn，音炫）：行且卖也。一说叫卖。

㉑⑤ 诛：求也，责也。

㉑⑥ 反侧：反复无常。

㉑⑦ 齐桓：齐桓公，春秋五霸之一。会：会盟。齐桓公多次会合诸侯。

㉑⑧ 卒然：终然，终于。身杀：遭杀身之祸。齐桓公后任用奸人，引起内乱而死于宫中，多日不得殓。

㉑⑨ 恶：厌恶。辅弼：辅佐的贤臣。

㉒⓪ 谗谄：谗言、谄媚。服：用。

87

㉑比干：殷纣王的叔父，因为直谏被纣王剖心。逆：逆于纣王之心意。

㉒抑沉：压抑，埋没。

㉓雷开：佞臣之名。顺：顺服。

㉔圣人：指箕子和梅伯。一德：犹言一样有德。

㉕异方：不同的方式。方，方法，方式。

㉖梅伯：纣时的忠臣，屡次进谏而被杀。受醢（hǎi，音海）：遭受醢刑。醢，古代一种酷刑，把人杀死并剁成肉酱。

㉗箕子：纣的叔父，封于箕。详狂：假装发疯。详，同"佯"，假装。

㉘稷：后稷。周人始祖。元子：首生之子。

㉙竺：毒，毒苦之意。

㉚燠（yù，音玉）：温暖。

㉛冯：同"凭"，拉满弓。挟：持。

㉜逢长：久长。

㉝伯昌：指周文王。号衰：在殷世衰微之际发布号令。号，号令。衰，衰微。

㉞秉鞭：执鞭。比喻执政。秉，执，持。牧：牧长。姬昌曾为殷雍州牧。

㉟彻：撤去。社：古代指土地神和祭祀土地神的地方。

㊱藏：宝藏。

㊲惑妇：指妲己。

㊳受：指纣王。赐兹醢：纣王醢梅伯，并且将肉酱分给众人。

㊴师望：吕望，姜尚，即姜太公。肆：市肆，店铺。

㊵昌：姬昌。识：识别，犹言发现和了解。

㊶鼓刀：指从事屠宰行业。扬声：以屠而有名。

㊷武发：武王姬发。杀殷：讨伐殷纣。

㉔㉓ 悁：愤恨不快。

㉔㊃ 尸：木主，木制的神位，灵牌上写死者姓名。集战：会战。

㉔㊄ 伯林：指商纣王。雉经：自缢而死。

㉔㊅ 抑墬：即"抑地"，动地之意。

㉔㊆ 受礼：犹言受天之赐。

㉔㊇ 初：当初。汤：商汤。臣挚：以挚为臣。挚，伊尹之名。

㉔㊈ 卒：终于。官汤：即相汤。

㉕㊀ 尊食宗绪：言伊尹配享于商庙。

㉕㊁ 勋：功。阖（hé，音和）：指吴王阖闾。梦：吴王寿梦，阖闾祖父。生：同"姓"，古人称子孙为子姓。

㉕㊂ 武厉：雄武猛厉。

㉕㊃ 彭铿：彭祖。传说中的长寿者，善养生。斟：取，酌。雉：雉鸡。此处指雉鸡羹。

㉕㊄ 帝：帝尧。飨：享用。

㉕㊅ 中央：犹言中国，中土。牧：治。

㉕㊆ 蜂蛾：指百姓。微命：性命微小。

㉕㊇ 惊女：受惊吓的女子。薇：一种野菜。

㉕㊈ 兄：秦景公。嗾犬：咬人的犬。

㉖㊀ 薄暮：日将暮，黄昏。雷电：雷电交加。

㉖㊁ 厥：其。指楚王。严：威严。不奉：不能保持。

㉖㊂ 伏匿：隐藏。穴处：处于洞穴。

㉖㊃ 荆：楚国。作师：兴师。

㉖㊄ 吴光：吴公子光，阖闾。

㉖㊅ 子文：人名，为楚令尹。

㉖㊆ 堵敖：楚贤臣名。

㉖㊇ 试：通"弑"。旧称臣杀君、子杀父母等行为。自予：自许，自以

为是。

㉖⑦ 弥彰：更加明显。

【评析】

《天问》是一首四言诗，是诗人对自然、社会、自身命运产生的疑问。全诗由 170 多个反诘组成，一部分问自然，一部分问人事，这一系列的问题排山倒海一般向读者涌来，令人来不及思考，只感觉到宇宙的神秘与诗人的激情，充分表现出诗人勇敢的怀疑精神与批判精神。

"天问"即问天，王逸《楚辞章句》说："《天问》者，屈原之所作也。何不言问天？天尊不可问，故曰天问也。"诗人大有打破砂锅问到底的气势，但诗人又不是为了得到答案，有的甚至是明知故问，诗人要做的就是打破固有秩序与权威，把所有的一切都回归到天，进行现象还原，表达出一种对这个世界的彻底批判态度，欲摆脱现实世界的不合理观念的束缚，还原世界的本真。

从《天问》内容来看，全诗 170 多个问题，涉及的内容极为丰富，从天地山川到神话传说，从历史故事到现实生活，包罗万象，纷至沓来，其排列是否有序及其成因一直是个颇具争议的问题。王逸《楚辞章句》说："屈原放逐，忧心愁悴，彷徨山泽，经历陵陆，嗟号昊旻，仰天叹息。见楚有先王之庙及公卿祠堂，图画天地山川神灵，琦玮僪佹，及古贤圣怪物行事，周流罢倦，休息其下，仰见图画，因书其壁，呵而问之，以渫愤懑，舒泻愁思。楚人哀惜屈原，因共论述，故其文义不次序云尔。"王氏认为屈原放逐后，见画有"天地山川神灵，琦玮僪佹，及古贤圣怪物行事"的"楚先王之庙及公卿祠堂"里的壁画，因而"呵壁问天"，在壁上写成《天问》，楚人为纪念屈原，将《天问》记录流传下来，以致《天问》文义毫无次序。王逸的观点，简单来说即是《天问》"文义不次序"，其成因则是楚人论述之时错简。洪兴祖《楚辞补注》反对错简之说，指出："《天问》之作，其旨远矣。盖曰遂古以来，天地事物之忧，不可胜穷。欲付之无言乎？而耳目所接，有感于吾心者，不可以不发也。欲具道其所以然乎？而天地变化，岂思虑智识之所能究哉？天固不可问，聊以寄吾之意耳。楚之兴衰，天邪人邪？吾之用舍，天邪人邪？国无人，莫我知也，知我者其天乎？此《天问》所为作也。太史公读《天问》，悲其志者以此。……王逸以为文义不次序，夫天地之间，千变万化，岂可以次序陈哉？"洪兴祖以《天问》寄托屈原之意，因而千变万化，其叙述不依次序，是最准确把握了屈原作品的特点的观点。王夫之《楚辞通释》则说："按篇内事虽杂举，而自天地山川，次及人事，追述往古，终之以楚先，未尝无次序存焉。"

从全文的文义来看，看似杂乱无章，但细加琢磨，便可发现，其实其中自有逻辑。作者先天地自然后三代史实，最后归结到楚国历史，脉络整体清晰，并非王逸所说的"文义不次序"。

全诗总体看来大致可分为前后两大部分，每部分中又可分为若干小节。前一部分从开篇至"乌焉解羽"，大体是就关于自然界的古代神话传说发问，联想丰富而有情致。前一部分又大致可分为四个小节：从篇首至"何本何化"，是关于天地开辟、宇宙本源的问题；从"圜则九重"到"曜灵安藏"是关于天体和日月星辰等天象的问题；从"不任汩鸿"到"禹何所成"是关于鲧禹治水的问题；从"康回冯怒"到"乌焉解羽"是关于大地及四方灵异的问题。宇宙何以起源，天地未开辟前是什么样子？这是人类在追问世界时的终极问题，它涉及人类自身从何处来的大问题。从古代的神话时代到现代的科技时代，人类都在不停地追问。屈原时代对这一问题已有神话解释，但屈原并不满足于神话解释。他接着问宇宙的结构与天体的布局与运行，对一些神话解释提出了质疑。诗人问完天后，又将目光转向地。首先问与大地有关的鲧禹治水问题，对鲧的被害表示了同情，对鲧禹治水中的神奇表示情理上的怀疑。接着对大地上的现象发问，诗人对大地上的一些自然现象无法解释，对传说中的一些地方及灵异更是迷惑不解，遂发而成问。

从"禹之力献功"起至篇末，为《天问》的后半部分。诗人由对宇宙自然的发问转向对人间人事的质疑。后半部分按照内容也大致可分为四小节：从"禹之力献功"至"而黎服大说"为第一节，是关于夏王朝历史；从"简狄在台"至"其罪伊何"为第二节，是关于商王朝历史；从"争遣伐器"至"卒无禄"为第三节，是关于周王朝历史；之后为第四节，是关于楚国的现状与诗人的忧心。诗人首先对夏王朝的历史发问：大禹与涂山氏生子启，启代伯益而有国，又偷天乐耽于享受，而后世之君被后羿所取代。后羿又因贪恋女色、沉迷田猎，遭寒浞暗算而惨死。浞传位于其子浇，浇因与嫂通而被少康所杀。夏桀发蒙山，得妹喜，从此迷恋女色，最终被成汤流放于鸣条，夏王朝被商取代。夏王朝的兴衰起伏，诗人以发问的形式娓娓道来，着重于人物的品质与历史兴替的关系，似乎试图要揭示出历史兴亡成败的规律。诗人接下来又开始反思商周的历史，同样着重关注历史兴衰、成败的大事。在反思中，诗人看到明君贤臣对国家的兴盛与对历史的推动作用，而国家之衰败则多与昏君奸臣有关。如关于商之所以兴，诗人强调了伊尹对成汤的辅佐，成汤、伊尹明君贤臣两美相并，才有了商王朝的兴盛。那么商的衰败又是为何？商的衰败就在于纣的倒行逆施：忠臣被害，佞臣受赏。同样，周的兴起也与明君能选贤任能有关：文王得到了吕望，正如成汤得到了伊尹，发现人才、重用人才是国家兴盛的前提。而周的灭亡就在于周幽王贪恋美色，受女祸之害。中间还问到了周昭王贪于玩好，远游国土，舟沉而不返的故事，以及周穆王周游天下，不理国政的情况，其实是对这些误国之君给予点名批判。回顾历史当然是为了关注现实。诗人反思完夏商周三代历史后，把目光收回到楚国的现状，并表达了自己对楚国现状的担忧：楚国的现状就如薄暮时分面临着一场雷电交加的暴风雨，诗人被逐，远处荒野之地，楚王不顾国情，一再兴兵，楚王如能改过，哪还用得着我多言呢？我曾告知过堵敖，楚国如果继续如此下去将不会长久，看来会被我不幸言中！我将得忠谏之虚名，岂不痛哉！全诗至此结束，所有的质问终归落脚于此。

诗人从宇宙起源、天地开辟发问，一路从神话传说问到三代历史，最后归结到楚国现状，涉及诗人之前的全部历史，是对历史的一次整体性的反思和观照，为的是明治乱兴衰之理，犹如汉代的史学家司马迁"究天人之际，通古今之变"的用意。只不过司马迁只关注人类历史，而屈原为了反思人类历史进而推衍至对宇宙自然历史的重新考量，其视野与胸襟更广，与先秦的哲学家的思维方式是一致的。

全诗的重点在后半部分，主旨是通过考察历史上兴衰成败的故事来表达自己的政治主张，批判楚国的政治现实，希望君主能选贤任能，接受历史教训，改过自新，重新治理好国家。

《天问》全诗主要以四字为句，又杂以三、五、六、七言乃至八言。大致四句为节，韵散结合，错落有致。在语言运用上与屈原的其他作品不尽相同，通篇不用"兮"字，也没有"些""只"之类的语尾助词。疑问词"何""胡""焉""几""谁""孰""安"等交替使用，富于变化，或一句而问，或两句而问，或三句而问，或四句而问，参差错落而不呆滞。俞樾《评点楚辞》引孙鑛语云："或长言，或短语，或错综，或对偶，或一事而累累反覆，或数事而熔成一片，其文或峭险，或澹宕，或佶倔，或流利，诸法备尽，可谓极文章之变态。"清贺贻孙《骚筏》评曰："其词与意，虽不如诸篇之曲折变化，自然是宇宙间一种奇文。"总之，在中国文学史上，《天问》是一篇形式新颖、气势磅礴、格调高古、感情激越的奇文，其文学价值不可低估。此外，《天问》还具有社会学、神话学、民俗学等多方面的价值，值得我们深入研究。

九　章

屈原

《九章》是《楚辞》中屈原所作的一组诗歌，包括《惜诵》《涉江》《哀郢》《抽思》《怀沙》《思美人》《惜往日》《橘颂》《悲回风》。王逸认为"章"即"著""明"，也即彰明，显明，是屈原"言己所陈忠信之道，甚著明也"。

关于《九章》的著作权历来多有学者表示怀疑。王逸《楚辞章句》曰："《九章》者，屈原之所作也。"洪兴祖则疑《思美人》《惜往日》《橘颂》《悲回风》4篇非屈原作（《楚辞补注》）。明代许学夷以为《惜往日》《悲回风》2篇非屈原口气，疑为唐勒、景差等人所作（《诗源辨体》）。清代顾成天则定《惜诵》《惜往日》2篇为河、洛间人所作（《读骚别论》）。而近人还有说《哀郢》为庄辛所作的（钱穆《先秦诸子系年》）。但所有这些怀疑，多以文气为判定真伪的标准，尚无确凿有力的证据。

《九章》各篇的内容与《离骚》相似，都与屈原的生活经历有关，大体记录屈原在楚怀王时被疏，以及离开楚都回汉北楚三户封邑，及因联齐被召回，再到楚顷襄王时被驱逐而至江南流浪的旅程。关于《九章》的写作年代及顺序，亦多争议。王逸《楚辞章句》曰："屈原放于江南之野，思君念国，忧思罔极，故复作《九章》。"似指九篇皆作于屈原流放江南期间。朱熹《楚辞辩证》对其创作先后进行了排序，提出："屈子初放，犹未尝有奋然自绝之意，故《九歌》《天问》《远游》《卜居》以及此卷《惜诵》《涉江》《哀郢》诸篇皆无一语以及自沉之事。……《骚经》《渔父》《怀沙》虽有彭咸、江鱼、死不可让之说，然犹未有决然之计也。是以其词虽切而犹未失其常度。《抽思》以下，死期渐迎，至《惜往日》《悲回风》，则其身已临沅、湘之渊而命在晷刻矣。"林云铭《楚辞灯》则对其创作时间进行了具体分析，称："兹以其文考之，如《惜诵》乃怀王见疏之后，又进言得罪，然亦未放；次则《思美人》《抽思》，乃进言得罪后，怀王置之于外，其称造都为南行，称朝臣为南人，置在汉北无疑。……《涉江》以下六篇，方是顷襄放之江南所作。初放起行，水陆所历，步步生哀，则《涉江》也；既至江南，触目所见，借以自写，则《橘颂》也；当高秋摇落景况，寄慨时事，以彭咸为法，且明赴渊有待之故，则《悲回风》也。本欲赴渊，先言贞谗不分，有害于国，且易辩白，一察之后，死亦无怨，则《惜往日》也。《哀郢》则以国势日趋危亡，不能归骨于郢为恨，《怀沙》则绝命之词，以不得于当身，而俟之来世为期。"

概括而言，《惜诵》的写作在《九章》各篇中最早，应是在屈原写完《离骚》以后不久，然后是《抽思》。这几篇的写作时间应该在楚顷襄王即位前后，楚怀王被拘秦国时期。《思美人》应是楚怀王客死于秦以后屈原被迁于江南之时的春天所写，《哀郢》应该写于《涉江》之前，不过这个时候屈原已经被流放九年了。《涉江》的写作时间大体在《哀郢》之后。《悲回风》的写作时间应该在《涉江》之后。《怀沙》《惜往日》《橘颂》都是屈原后期的作品，应是屈原走向人生终点汨罗的途中所写，《惜往日》可能写于《怀沙》之后。

九篇诗歌中有的描写了艰苦的流浪生活，有的描写了对故都的怀念，其基本精神与《离骚》是一致的，许多词句也与《离骚》相似。可以说，《九章》就是《离骚》的续篇。过去的《楚辞》编辑者把《九章》等看作是《离骚经》的传，所以目录标注的时候写作《离骚九歌传》《离骚天问传》《离骚九章传》《离骚远游传》《离骚卜居传》《离骚渔父传》，把《九辩》等标为《续离骚九辩》《续离骚招魂》《续离骚大招》等，虽然属于画蛇添足，却也不能说没有道理。但《九章》篇幅都较短，不如《离骚》规模宏大；使用的手法以纪实为主，较少使用幻想与夸张的手法，《哀郢》《涉江》等篇都是纪实之辞。诗人主要通过感情的直接倾泻和反复吟咏来表现自己种种复杂的心情。这是一组感情强烈的政治抒情诗。

惜　　诵

惜诵以致愍兮，^①发愤以抒情。
所作忠而言之兮，指苍天以为正。^②

令五帝以折中兮，^③戒六神与向服。^④
俾山川以备御兮，^⑤命咎繇使听直。^⑥

竭忠诚以事君兮，^⑦反离群而赘肬。^⑧
忘儇媚以背众兮，^⑨待明君其知之。

言与行其可迹兮，^⑩情与貌其不变。
故相臣莫若君兮，^⑪所以证之不远。

吾谊先君而后身兮，[12] 羌众人之所仇也。
专惟君而无他兮，[13] 又众兆之所雠也。[14]

壹心而不豫兮，[15] 羌不可保也。
疾亲君而无他兮，[16] 有招祸之道也。

思君其莫我忠兮，[17] 忽忘身之贱贫。
事君而不贰兮，[18] 迷不知宠之门。

忠何罪以遇罚兮，亦非余心之所志。
行不群以巅越兮，[19] 又众兆之所咍。[20]

纷逢尤以离谤兮，謇不可释也。[21]
情沉抑而不达兮，[22] 又蔽而莫之白也。[23]

心郁邑余侘傺兮，[24] 又莫察余之中情。
固烦言不可结诒兮，[25] 愿陈志而无路。

退静默而莫余知兮，进号呼又莫吾闻。[26]
申侘傺之烦惑兮，[27] 中闷瞀之忳忳。[28]

昔余梦登天兮，魂中道而无杭。[29]
吾使厉神占之兮，[30] 曰有志极而无旁。[31]

终危独以离异兮，[32] 曰君可思而不可恃。
故众口其铄金兮，[33] 初若是而逢殆。

惩于羹者而吹齑兮，㉞何不变此志也？
欲释阶而登天兮，犹有曩之态也。㉟

众骇遽以离心兮，㊱又何以为此伴也？
同极而异路兮，又何以为此援也？

晋申生之孝子兮，㊲父信谗而不好。㊳
行婞直而不豫兮，㊴鲧功用而不就。㊵

吾闻作忠以造怨兮，忽谓之过言。㊶
九折臂而成医兮，吾至今而知其信然。㊷

矰弋机而在上兮，㊸罻罗张而在下。㊹
设张辟以娱君兮，㊺愿侧身而无所。

欲儃佪以干傺兮，㊻恐重患而离尤。㊼
欲高飞而远集兮，㊽君罔谓女何之？

欲横奔而失路兮，㊾坚志而不忍。
背膺牉以交痛兮，㊿心郁结而纡轸。(51)

梼木兰以矫蕙兮，(52)糳申椒以为粮。(53)
播江离与滋菊兮，(54)愿春日以为糗芳。(55)

恐情质之不信兮，故重著以自明。(56)

矫兹媚以私处兮，^{⑤⑦}愿曾思而远身。^{⑤⑧}

【注释】

① 致：极，至。愍（mǐn，音敏）：忧患，忧愁。

② 正：通"证"，凭证。

③ 五帝：指东西南北中五方位的天神。折：分，判断。中：当。

④ 戒：告。六神：六宗之神，指日、月、星、水旱、四时、寒暑之神。向：对。服：事。

⑤ 俾（bǐ，音比）：使。山川：此处指山川之神。备御：充当侍从者。

⑥ 咎繇：即皋陶，舜时贤臣。听直：判其曲直。

⑦ 竭：尽。君：指楚王。

⑧ 赘肬（zhuìyóu，音坠油）：即赘疣，俗称瘊子。此处形容多余的。

⑨ 儇（xuān，音宣）媚：指巧佞谄媚的行为。儇，奸，佞，聪明而狡猾。背众：即前所言"离群"。背，违背。

⑩ 迹：追寻，考查。

⑪ 相：察看，审查。

⑫ 谊：义，合宜的道德行为或道理。

⑬ 惟：思念。

⑭ 众兆：犹言众人。兆，众。雠：仇恨。

⑮ 豫：犹豫。

⑯ 疾：急切从事。

⑰ 莫我忠：没有谁比我忠。

⑱ 贰：二，不专一。

⑲ 不群：言自己言行高洁，不同于众兆。巅越：陨落。巅，通"颠"，跌落，倒下。越，坠落。

⑳ 咍（hāi，音嗨）：讥笑，嗤笑。

99

㉑ 謇：难言。释：解释。

㉒ 沉抑：犹言沉闷、压抑。不达：犹言不能达之于君。

㉓ 蔽：遮蔽。白：明辨。

㉔ 郁邑：忧愁。侘傺（chàchì，音岔翅）：楚人谓失志怅然伫立为侘傺，形容失意的样子。

㉕ 固：本来。烦言：多次所进之言。结：结言。诒：赠言。

㉖ 号（háo，音豪）：大呼，大声喊叫。

㉗ 申：重复，反复。

㉘ 中：犹言内心、心中。瞀（mào，音茂）：烦乱。怓怓（tún，音屯）：忧伤的样子。

㉙ 杭：通"航"，渡。

㉚ 厉神：殇鬼。

㉛ 志极：极劳心志。旁：旁助，辅助。

㉜ 危：危殆。离异：离心异路。

㉝ 众口：众人的言论，舆论。铄金：熔化金属。

㉞ 惩：受到伤害而警惕。羹：用肉和菜做成的带汤的食物。齑（jī，音积）：捣碎的姜、蒜、韭菜等。

㉟ 曩（nǎng，音攮）：以往，从前，过去的。

㊱ 骇遽（jù，音句）：惊慌恐惧的样子。

㊲ 申生：晋献公太子，被献公后妻骊姬谗害，后自杀。

㊳ 好（hào，音号）：爱，喜爱。

㊴ 婞（xìng，音姓）直：倔强，刚直。婞，刚强。

㊵ 鲧（gǔn，音滚）：尧的大臣，治水未成功，后被杀死于羽山之郊。用：由，因此。

㊶ 过言：言过其实的说法。

㊷ 信然：的确如此。

㊸ 矰（zēng，音增）：射鸟的短箭，上系有丝线。弋（yì，音义）：用带绳子的箭射。机：弓弩上发射的机关，此处指张开机关等待发射。

㊹ 罻（wèi，音畏）罗：捕鸟的网。

㊺ 设：布置，安排。辟（bì，音必）：法。

㊻ 儃佪（chánhuí，音缠回）：低回不进。干傺（chì，音翅）：寻求机会。

㊼ 重（chóng，音虫）：增益。离：同“罹”，遭受。

㊽ 集：鸟停在树上，停留。

㊾ 横奔：横行。失路：失道。

㊿ 膺：胸。牉（pàn，音判）：分半。

(51) 纡轸（yūzhěn，音迂枕）：委屈而隐痛。纡，曲，弯。轸，悲痛。

(52) 梼（dǎo，音导）：捣，舂。矫：揉。

(53) 糳（zuò，音作）：舂。申椒：椒之一种。

(54) 滋：种植。

(55) 糗（qiǔ，音求，上声）芳：芬芳的干粮。糗，干粮。

(56) 重：再。著：作。

(57) 矫：举。媚：爱。私处：私居而远处。

(58) 曾思：反复思考。曾，重。远身：躲开，抽身而去。

【评析】

《惜诵》是《九章》的第一篇。关于《惜诵》的题意，王逸《楚辞章句》在解释“惜诵以致愍兮”时说：“惜，贪也。诵，论也。致，至也。愍，病也。言己贪忠信之道，可以安君。论之于心，诵之于口，至于身以疲病，而不能忘。”“惜诵”就是反复说忠信之道。洪兴祖说：“惜诵者，惜其君而诵之也。”洪兴祖认为屈原是因怜惜楚王而反复说。林云铭《楚辞灯》解释说：“惜，痛也。即《惜往日》之惜。

不在位而犹进谏，比之蒙诵，故曰诵。悯，忧也。言痛己因进谏而遇罚，自致其忧也。"林云铭认为惜是痛惜的意思。屈原遭到放逐之后，不在其位却仍然劝谏楚王，就像是蒙诵一样，所以称为诵。

按"惜诵以致愍兮"即惜因诵而导致忧患，"惜"即痛惜、可惜。痛惜的对象是"诵以致愍"。因此，"惜诵"的篇名实际是"惜诵以致愍"的省称。"诵"为言论，"惜诵"就是痛惜因言获罪，就是痛惜说话的意思。《思美人》曰："惜吾不及古人兮。"《惜往日》曰："惜往日之曾信兮。"《惜誓》曰："惜余年老而日衰兮。"《七谏·沉江》曰："惜年齿之未央。"《七谏·自悲》曰："惜余年之未央。"这些"惜"大体都是这个意思。《九叹·离世》曰："不顾身之卑贱兮，惜皇舆之不兴。"这句话可以对应《离骚》之"岂余身之惮殃兮，恐皇舆之败绩"，"恐""惜"都表示担心之意，"恐"在未然状态，而"惜"是已然状态。

《惜诵》可以看作是一篇屈原因忠直而被君主和同僚排斥的自伤之作。关于《惜诵》的主题，洪兴祖说："此章言己以忠信事君，可质于明神，而为谗邪所蔽，进退不可，惟博采众善以自处而已。"林云铭说："此屈子失位之后，又因事进言得罪而作也。首出誓词，以自明其心迹，继追言前此失位，在于犯众忌、离众心所致。中说此番遇罚，因思君至情，忘其出位言事之罪。然后以众心之离、众忌之谤，痛发二大段，总以事君不贰之忠作线。末以不失素守之意结之，仍是作《离骚》本旨。"这个说法是准确的。诗中作者抒发了他因忠被小人迫害的冤屈，面对被罚的处境，思考自处之道。

林云铭提出《惜诵》作于楚怀王时期屈原被疏后在汉北时，因为其中只说了"遇罚"，并没有放流的痕迹。游国恩先生认为："惜诵是喜欢谏诤的意思。《九章》中只有这一篇不是放逐时所作的。因为从文字中不但找不出丝毫有关放逐的迹象，而且有很多话反可以证明它只是反映了被谗失职时的心情。"汪瑗认为《惜诵》"大抵此篇作于谗人交构，楚王造怒之际，故多危惧之词，然尚未遭放逐也"。有人认为这篇作品与《离骚》的创作时间差不多，屈原因为写了《离骚》而遭受君主的处罚，所以他又写一篇以此表明态度。这些推测虽然都有一定道理，但结合《史记》和《楚辞章句》中的《九章序》，更加合理的解释应是作于楚顷襄王即位前后，很大的可能是楚怀王被扣秦国时期。楚怀王时期屈原已不复在位，应该曾长期居住在汉北一带三闾大夫封邑，也不排除偶尔周游天下的可能。

《惜诵》的内容与《离骚》前半部分描写有重叠之处。从一开始就描写了诗人遭到谗言被疏离而进退不得的心情。诗人毫不掩饰地抒发自己的忧伤，反复强调自己"竭忠诚以事君兮，反离群而赘肬"，"思君其莫我忠兮，忽忘身之贱贫"，竭尽忠诚地服务于君主，却为别人所不容，不懂得谄媚的他，被那些奸佞的臣子所背弃，他仍旧言行如一，不愿与那些道貌岸然者同流合污。自"昔余梦登天兮，魂中道而无杭"开始，诗人虚构了一段对话。他梦见自己登上了天庭，魂魄走到了一半却无路可进。他让厉神算上一卦，厉神说他"有志极而无旁"，就是指他虽然志存高远，却没有同伴。他担心自己"终危独以离异兮"，回答说"君可思而不可恃""故众口其铄金兮，初若是而逢殆。惩于羹者而吹齑兮，何不变此志也"。君主可以思慕，但不能依靠。众口一词的坏话能熔化金子，依靠君主会有灾难。"晋申生之孝子兮，父信谗而不好。行婞直而不豫兮，鲧功用而不就。吾闻作忠以造怨兮，忽谓之过言。"晋太子申生那样的孝子，他的父亲也会听信谗言不喜欢他。行为刚直却不和顺的鲧，他的功业也未完成。忠臣是需要付出代价的。他不会像那些奸邪的人一样，不择手段取悦君主，他仍坚定地在自己的正义之路上狂奔，即使痛苦如同胸口撕裂一般难忍。最后以"恐情质之不信兮，故重著以自明。矫兹媚以私处兮，愿曾思而远身"结束全文。

涉　江

余幼好此奇服兮，年既老而不衰。
带长铗之陆离兮，[①]冠切云之崔嵬。[②]

被明月兮佩宝璐。[③]
世溷浊而莫余知兮，[④]吾方高驰而不顾。
驾青虬兮骖白螭，[⑤]吾与重华游兮瑶之圃。[⑥]

登昆仑兮食玉英。[⑦]
与天地兮同寿，与日月兮齐光。
哀南夷之莫吾知兮，[⑧]旦余济乎江、湘。[⑨]

乘鄂渚而反顾兮，[⑩]欸秋冬之绪风。[⑪]
步余马兮山皋，邸余车兮方林。[⑫]

乘舲船余上沅兮，[⑬]齐吴榜以击汰。[⑭]
船容与而不进兮，[⑮]淹回水而凝滞。[⑯]

朝发枉陼兮，夕宿辰阳。
苟余心其端直兮，[⑰]虽僻远之何伤！

入溆浦余儃佪兮，[⑱]迷不知吾所如。[⑲]
深林杳以冥冥兮，[⑳]乃猿狖之所居。[㉑]

山峻高以蔽日兮，下幽晦以多雨。
霰雪纷其无垠兮，^㉒云霏霏而承宇。^㉓

哀吾生之无乐兮，幽独处乎山中。
吾不能变心而从俗兮，固将愁苦而终穷。

接舆髡首兮，^㉔桑扈臝行。^㉕
忠不必用兮，贤不必以。^㉖
伍子逢殃兮，^㉗比干菹醢。^㉘

与前世而皆然兮，吾又何怨乎今之人！
余将董道而不豫兮，^㉙固将重昏而终身。^㉚

乱曰：
鸾鸟凤皇，^㉛日以远兮。
燕雀乌鹊，巢堂坛兮。^㉜

露申辛夷，死林薄兮。^㉝
腥臊并御，^㉞芳不得薄兮。^㉟

阴阳易位，时不当兮。
怀信侘傺，^㊱忽乎吾将行兮。

【注释】

①长铗（jiá，音夹）：长长的剑。铗，剑把，泛指剑。陆离：长长的样子。

②切云：高能齐云的帽子。崔嵬（wéi，音维）：高高的样子。

③被：披服。明月：宝珠之名。宝璐：美玉。

④溷（hùn，音混）浊：混浊，混乱。莫余知：即莫知余。

⑤虬（qiú，音求）：传说中有角的龙。螭（chī，音痴）：传说中没有角的龙。

⑥重华：舜。瑶之圃：指天帝所居的美丽的花园。瑶，玉。圃，园。

⑦玉英：玉之英华。

⑧南夷：此处指楚人。

⑨旦：早晨。济：渡。江、湘：江水和湘水。

⑩乘：登。鄂渚：地名。反顾：回视。

⑪欸（āi，音哀）：叹，感叹。绪：残余的。

⑫邸：停，止。

⑬舲（líng，音灵）船：有窗户的船。上：溯流而上。

⑭齐：同时并举。吴榜：船桨。汰（tài，音太）：水波。

⑮容与：徘徊不进的样子。

⑯淹：停留。凝滞：滞留。

⑰苟：如果，果真。端直：正直。

⑱溆（xù，音续）浦：水名，在今湖南境内。

⑲如：之，往。

⑳冥冥：昏暗的样子。

㉑狖（yòu，音又）：一种黑色的猴子。

㉒霰（xiàn，音现）：小雪珠，多在下雪之前降下。

㉓霏霏：云很盛的样子。宇：屋檐，泛指房屋。

㉔接舆：楚狂人接舆，见《论语·微子》。髡（kūn，音昆）首：古代一种剃发的刑罚。接舆自刑身体，避世不仕。

㉕桑扈：古隐士名。臝（luǒ，音裸）：同"裸"，赤裸。

㉖以：用，任用。

㉗伍子：伍子胥。吴王夫差大臣，谏令伐越，夫差不听，并赐剑令其自杀，后越竟灭吴。逢殃：遭祸。

㉘比干：纣之叔父，因直谏而被纣王剖心。菹醢（zūhǎi，音租海）：古代酷刑，把人剁成肉酱。

㉙董：正，守正。豫：犹豫。

㉚昏：乱，烦闷。

㉛鸾鸟凤皇：古人以为俊鸟，有圣君则来，无德则去。

㉜堂坛：犹言庙堂。坛，土筑的高台，古代用于祭祀、朝会、盟誓、封拜。

㉝林薄：树林及草木交错的地方。

㉞腥臊：恶臭之物。御：用。

㉟芳：芳草香花之属。薄：接近。

㊱怀信：怀抱忠信。侘傺：楚人谓失志怅然伫立为侘傺，形容失意的样子。

【评析】

《涉江》是《九章》的第二篇。洪兴祖说《涉江》的主题曰："此章言己佩服殊异，抗志高远，国无人知之者，徘徊江之上，叹小人在位，而君子遇害也。"《涉江》是屈原被迁于江南的途中，渡江南行时创作的作品。屈原品行高洁，志向高远，楚国却没有人了解他，因此他在江上徘徊，叹息社会黑白颠倒，小人得志，君子遇害。沅水流域的山川景物，引起诗人的遐思。深山密林险峻幽邃的景象，与诗人寂寞悲怆的心境相呼应，情景交融，抒情与叙事的完美结合，寂寞的山水映照着诗人忧愁的心。

这首诗的写作时间应该在楚顷襄王"怒迁"屈原，屈原写《思美人》之后。屈原被"怒迁"后，先东行，后折返南行。游国恩先生认为："《涉江》是顷襄王二十一年以后，屈原溯江而上，入于湖湘时作。从篇中的地名和时令来看，它是紧接着《哀郢》而来的。"（《楚辞论文集·屈原作品介绍》）这首诗中提到的枉陼、辰阳、溆浦等地名，在今湖南常德、怀化一带。汪瑗《楚辞集解》说："此篇言己行义之高洁，哀浊世而莫我知也。欲将渡湘沅，入林之密，入山之深，宁甘愁苦以终穷，而终不能变心以从俗，故以《涉江》名之，盖谓将涉江而远去耳。末又援引古人以自慰，其词和，其气平，其文简而洁，无一语及雍君谗人之怨恨。"汪瑗认为，《涉江》是屈原哀叹混乱的社会没有人了解他，想要渡过湘水、沅水，进入山林，情愿去过穷困的日子，也不愿同流合污，所以这篇文章取名为《涉江》。《涉江》寥寥数语就勾勒出沅水流域的景色，极为人称道。胡文英《屈骚指掌》说："《涉江》篇，由今湖北至湖南途中所作，若后述征纪行之作也。"

诗歌开篇，屈原陈述"余幼好此奇服兮，年既老而不衰。带长铗之陆离兮，冠切云之崔嵬。被明月兮珮宝璐"。屈原从幼年就喜爱奇特的装束，如今进入暮年仍旧兴致不减。他的腰间佩带着长长的宝剑，头戴高高的发冠。身上饰着明月珠，美玉配在腰间。紧接着，诗人"驾青虬兮骖白螭，吾与重华游兮瑶之圃。登昆仑兮食玉英，与天地兮同寿，与日月兮同光"，他驾着有角的青龙，带上无角的白龙，和重华大神一块在天空中游弋。他要登上昆仑山品尝美玉一般的花朵，要与天地同寿，与日月齐辉。这些片段，都使人联想到《离骚》的情节。从"乘鄂渚而反顾兮，欸秋冬之绪风"直至"苟余心其端直兮，虽僻远之何伤"，介绍了诗人自己的行走路线，以及他无比惆怅的心情。他到了鄂渚回头远望，悲叹秋冬时节的大风如此凄寒。他放任自己的马儿在山边泽畔，让自己的车子停在大片的林边。坐上船在沅水中上溯，众人一起举桨，划开水波。船儿在激流漩涡中徘徊不前。"朝发枉陼兮，夕宿辰阳"以下至"吾不能变心而从俗兮，固将愁苦而终穷"写诗人在进入溆浦后忧心彷徨，险恶的自然环境引发了情绪的变化。幽深的树林昏暗阴沉，猿栖息于中，高峻的山峰遮住了太阳，只看到阴雨绵绵，天地万物晦暗，雪花也纷纷飘落，云层的浓重与屋檐相连。他孤苦寂寞地独坐山中，可是又能有什么改变呢？他不能随波逐流，所以只能愁苦困穷地聊度余生。屈原愤激社会的不公平，但也明白不公平可能是社会常态。《涉江》曰："接舆髡首兮，桑扈裸行。忠不必用兮，贤不必以。伍子逢殃兮，比干菹醢。与前世而皆然兮，吾又何怨乎今之人！"屈原知道忠直之人也会受到迫害，春秋时候的接舆剃去头发佯装疯狂，隐士桑扈裸体而行，伍子胥惨遭祸患，比干被剁成肉酱，自古以来的忠臣不能得到任用，那些贤人也不能发挥才能，他又何必怨恨君主呢？参照历史人物的悲惨命运，他渐渐得到宽慰，可是这些自我安慰中也带着些愤慨之情。这时他的心绪已经趋于平缓，不再是猛烈的呐喊，虽然阴雨与忧伤相伴，但他已懂得坦然面对。

哀　郢

皇天之不纯命兮，[①] 何百姓之震愆？[②]
民离散而相失兮，方仲春而东迁。[③]

去故乡而就远兮，[④] 遵江、夏以流亡。[⑤]

出国门而轸怀兮，⑥甲之鼂吾以行。⑦

发郢都而去闾兮，⑧怊荒忽其焉极？⑨
楫齐扬以容与兮，⑩哀见君而不再得。

望长楸而太息兮，⑪涕淫淫其若霰。⑫
过夏首而西浮兮，⑬顾龙门而不见。

心婵媛而伤怀兮，⑭眇不知其所蹠。⑮
顺风波以从流兮，焉洋洋而为客。⑯

凌阳侯之氾滥兮，⑰忽翱翔之焉薄？⑱
心结而不解兮，⑲思蹇产而不释。⑳

将运舟而下浮兮，㉑上洞庭而下江。
去终古之所居兮，㉒今逍遥而来东。

羌灵魂之欲归兮，何须臾而忘反！㉓
背夏浦而西思兮，哀故都之日远。

登大坟以远望兮，㉔聊以舒吾忧心。
哀州土之平乐兮，㉕悲江介之遗风。㉖

当陵阳之焉至兮，淼南渡之焉如？㉗
曾不知夏之为丘兮，㉘孰两东门之可芜？㉙

110

心不怡之长久兮，忧与愁其相接。
惟郢路之辽远兮，江与夏之不可涉。㉚

忽若去不信兮，至今九年而不复。
惨郁郁而不通兮，㉛蹇侘傺而含慼。㉜

外承欢之汋约兮，㉝谌荏弱而难持。㉞
忠湛湛而愿进兮，㉟妒被离而鄣之。㊱

尧、舜之抗行兮，㊲瞭杳杳而薄天。㊳
众谗人之嫉妒兮，被以不慈之伪名。㊴

憎愠惀之修美兮，㊵好夫人之忼慨。
众踥蹀而日进兮，㊶美超远而逾迈。㊷

乱曰：
曼余目以流观兮，㊸冀壹反之何时？㊹
鸟飞反故乡兮，狐死必首丘。㊺
信非吾罪而弃逐兮，何日夜而忘之？

【注释】

① 纯：常，始终如一。

② 震愆（qiān，音千）：惊动遭罪。震，动。愆，罪过，过失。

③ 仲春：春季的第二个月，即农历二月。东迁：向东迁徙。

④ 去：离开。故乡：指郢。就远：到远方去，指东迁。就，靠近，
趋向。

⑤遵：循，沿着。江、夏：两水名。

⑥国门：国都之门。轸（zhěn，音枕）怀：痛念。轸，悲痛。怀，怀念，思念。

⑦甲：甲日。

⑧郢：故楚都。闾：里巷的大门。

⑨怊（chāo，音超）：怅然貌，惆怅。荒忽：恍惚。极：至。

⑩楫（jí，音及）：船桨。容与：徘徊不进的样子。

⑪长楸：高大的楸树，古代常种于道旁。

⑫淫淫：泪流不止的样子。

⑬夏首：夏水口。浮：船漂流。

⑭婵媛：牵连，心牵引而不舍。

⑮眇：远。蹢（zhí，音直）：脚踏地，践踏。

⑯洋洋：形容无家可归的样子。

⑰凌：乘。阳侯：传说是古代的诸侯，溺死于水，成为水神，能兴起大波浪。氾滥：大水漫流。

⑱薄：通"泊"，停止，依附。

⑲絓（guà，音挂）结：缠绕郁结。

⑳蹇产：指思绪郁结，不顺畅。释：消除，消散。

㉑运：回转。下浮：顺流而下。

㉒终古之所居：自古居住之地，指郢都。

㉓须臾：顷刻，片刻。

㉔坟：水中高地为坟。

㉕州土：谓郢都之风土。平乐：土地广博，人民富饶。

㉖江介：沿江一带。介，间。遗风：指民俗。

㉗淼（miǎo，音渺）：大水无边的样子。焉如：到哪里，去哪里。如，往，之。

㉘ 夏：通"厦"，大屋，大殿。丘：废墟。

㉙ 孰：何。两东门：郢都东关的两门。芜：荒芜。

㉚ 涉：步行过水，渡。

㉛ 惨：伤感的样子。郁郁：忧愁沉闷的样子。

㉜ 蹇（jiǎn，音俭）：困苦。慽（qī，音期）：同"戚"，忧愁，悲伤。

㉝ 承欢：得到君王的欢心。沟（chuò，音绰）约：通"绰约"，美好的样子。

㉞ 谌（chén，音陈）：诚然，确实。荏（rěn，音忍）：软弱，怯懦。

㉟ 湛（zhàn，音占）湛：厚重的样子。

㊱ 被离：众多的样子。鄣（zhāng，音张）：壅蔽。

㊲ 抗行：犹言高尚的行为。

㊳ 瞭（liǎo，音了）：眼珠明亮。杳杳：远。薄天：迫近于天。薄，迫近。

㊴ 被：加，施加。不慈：指不爱其子。尧、舜禅让，而不将天下传与自己儿子，故而有人说尧舜不爱其子。

㊵ 憎：厌恶。愠愉（yùnlún，音运轮）：心中有所蕴积而不善表达。

㊶ 众：指结党营私的谗佞之徒。踥蹀（qièdié，音妾蝶）：行进的样子。

㊷ 美：指贤才。超远：疏远。逾（yú，音于）迈：消逝。

㊸ 曼：拉长，延长。流观：周流观览。

㊹ 冀：期望，希望。壹反：回去一次。

㊺ 首丘：相传狐狸将死时，头会朝向它出生的土丘。比喻人死后归葬故乡。

【评析】

《哀郢》是《九章》的第三篇。郢是楚国之都，根据《史记·楚世家》记载，周成王时，封熊绎于丹阳，公元前690年，楚武王去世，其子楚文王把楚国都城由汉水之北的丹阳迁于郢，"哀郢"就是哀伤国都。汪瑗指出，《哀郢》与顷襄王二十一年秦将白起攻破郢都，楚人被迫离开郢都有关。这个看法或许并不准确。楚顷襄王"怒迁"屈原前，屈原可能就在郢都，或者在汉北，楚顷襄王"怒迁"屈原，很可能是让屈原离开原来的封地和郢都，迁移到江南去。屈原离开郢都的时间应该在楚怀王死后不久。林云铭说："屈子被放九年，料不能复归郢都，故有是作。不曰'思郢'，而曰'哀郢'者，以顷襄初立，子兰为令尹，上官大夫等献媚固宠，妒贤害国，较之怀王之世尤甚。当初放时，已见百姓之震愆离散，不知此九年中更作何状？恐天不纯命，实有可哀者。若己之思返不得返，犹在第二义也。其追叙起行日，沿路怀忧，及既到后，登坟远望，而以谗人嫉妒之害与非罪弃逐之冤，找说于后。"林云铭认为本篇是屈原在被流放九年后回忆起初流放时情景而作，这个观点是有道理的。另外，林云铭还认为旧注把"哀郢"解读为"思郢"是错误的，这个看法也是有道理的。

《哀郢》记叙了屈原离开郢都后沿洞庭湖东行，一直到陵阳的行程，抒发了他对自己不幸遭遇的愤激，以及对郢都面临灾难的忧思。洪兴祖说："此章言己虽被放，心在楚国，徘徊而不忍去，蔽于谗谄，思见君而不得，故太史公读《哀郢》而悲其志也。"该诗的写作时间应该在《涉江》之前。

《哀郢》从开篇就描写了一个大迁徙场景："皇天之不纯命兮，何百姓之震愆？民离散而相失兮，方仲春而东迁。去故乡而就远兮，遵江、夏以流亡。"屈原诘问为何天命无常，要让他这样的宗亲贵族惊慌，人民流离失散。接着记叙在仲春二月他的逃亡路线，"发郢都而去闾兮，怊荒忽其焉极""过夏首而西浮兮，顾龙门而不见"。诗人向东而行，离开了郢都的城门，看到路边故国的乔木黯然伤神，回头看郢都龙门，已经难觅踪影。屈原乘船顺流而下，"上洞庭而下江"，"背夏浦而西思兮"，"哀故都之日远"。最终走到了今处安徽九华山附近的陵阳。诗人虽东行，但仍思念楚国都城的人与事，对自己无罪而被逐耿耿于怀。"惟郢路之辽远兮，江与夏之不可涉。忽若去不信兮，至今九年而不复。"屈原回忆自己离开郢都的时间，已经有九年之多了。在对往事的回顾中，屈原认为楚国的灾难，是因为奸佞之人误国。"忠湛湛而愿进兮，妒被离而鄣之""众谗人之嫉妒兮，被以不慈之伪名""众踥蹀而日进兮，美超远而逾迈"。忠直之士被谗佞小人诽谤，楚王与这样的小人为伍，忠直之士只能远走他乡了。

屈原在《哀郢》里将纪事与抒情融为一体，反复表现自己的愁苦悲哀情绪，如"出国门而轸怀""望长楸而太息兮""顾龙门而不望""心婵媛而伤怀兮""惨郁郁而不通兮，蹇侘傺而含蹙"，都是反复强调去国的感伤。在《哀郢》乱辞中，屈原重申了他的家国情怀："曼余目以流观兮，冀壹反之何时？鸟飞反故乡兮，狐死必首丘。信非吾罪而弃逐兮，何日夜而忘之？"鸟兽都怀念故乡，自己有何罪过，竟要饱尝这思念故都的哀伤。

抽　　思

心郁郁之忧思兮，独永叹乎增伤。
思蹇产之不释兮，① 曼遭夜之方长。

悲秋风之动容兮，② 何回极之浮浮！③
数惟荪之多怒兮，④ 伤余心之忧忧。⑤

愿摇起而横奔兮，览民尤以自镇。⑥

结微情以陈词兮，^⑦矫以遗夫美人。^⑧

昔君与我成言兮，曰黄昏以为期。
羌中道而回畔兮，^⑨反既有此他志。

憍吾以其美好兮，^⑩览余以其修姱。^⑪
与余言而不信兮，盖为余而造怒。^⑫

愿承闲而自察兮，^⑬心震悼而不敢。^⑭
悲夷犹而冀进兮，^⑮心怛伤之憺憺。^⑯

兹历情以陈辞兮，荪详聋而不闻。^⑰
固切人之不媚兮，^⑱众果以我为患。

初吾所陈之耿著兮，^⑲岂不至今其庸止？^⑳
何独乐斯之謇謇兮？^㉑愿荪美之可完。^㉒

望三五以为像兮，^㉓指彭咸以为仪。^㉔
夫何极而不至兮，故远闻而难亏。

善不由外来兮，名不可以虚作。
孰无施而有报兮，孰不实而有获？^㉕

少歌曰：^㉖
与美人抽怨兮，^㉗并日夜而无正。^㉘
憍吾以其美好兮，敖朕辞而不听。^㉙

倡曰：③⓪
有鸟自南兮，来集汉北。
好姱佳丽兮，牉独处此异域。③①
既茕独而不群兮，③②又无良媒在其侧。
道卓远而日忘兮，③③愿自申而不得。③④
望北山而流涕兮，临流水而太息。

望孟夏之短夜兮，③⑤何晦明之若岁！③⑥
惟郢路之辽远兮，魂一夕而九逝。③⑦

曾不知路之曲直兮，南指月与列星。③⑧
愿径逝而不得兮，魂识路之营营。③⑨

何灵魂之信直兮，④⓪人之心不与吾心同！
理弱而媒不通兮，④①尚不知余之从容。

乱曰：
长濑湍流，④②溯江潭兮。④③
狂顾南行，④④聊以娱心兮。

轸石崴嵬，④⑤蹇吾愿兮。
超回志度，④⑥行隐进兮。④⑦

低徊夷犹，④⑧宿北姑兮。④⑨
烦冤瞀容，⑤⓪实沛徂兮。⑤①

117

愁叹苦神，^{⑤²}灵遥思兮。
路远处幽，又无行媒兮。^{⑤³}

道思作颂，^{⑤⁴}聊以自救兮。^{⑤⁵}
忧心不遂，^{⑤⁶}斯言谁告兮！

【注释】

① 寒产：指思绪郁结，不顺畅。不释：不能排解，不能释怀。

② 动容：秋风起而草木摇动。

③ 回：邪。极：至。浮浮：盛行、势重的样子。

④ 数（shuò，音硕）：频繁，屡次。惟：思。苏：香草，喻君主。

⑤ 忧忧：伤痛的样子。

⑥ 览：看，观察。镇：止。

⑦ 微情：隐情。

⑧ 矫：高举。遗（wèi，音畏）：送。美人：此处指君主。

⑨ 羌：犹言为何。中道：中途，半道。回畔：反背，即走回头路。

⑩ 憍（jiāo，音交）：矜伐，夸耀。美好：美好的事物，此处指服器宝玩。

⑪ 览：示，观。姱：美好。

⑫ 造：作。

⑬ 承闲：趁机会。察：明。

⑭ 震悼：害怕，恐惧。

⑮ 夷犹：犹豫不定的样子。

⑯ 怛（dá，音达）伤：痛苦悲伤。憺憺（dàn，音但）：忧伤不安貌。

⑰ 苏：香草，喻君主。详：同"佯"，佯装，假装。

118

⑱ 切人：恳切正直的人。

⑲ 耿著：犹言光明正大。耿，光明。著，明显。

⑳ 庸：乃。

㉑ 謇謇：忠诚正直貌。

㉒ 荪美：君主的美德。

㉓ 三五：当指三王五帝。即黄帝、颛顼、帝喾、尧、舜和夏禹、商汤、周文王、周武王。像：榜样。

㉔ 彭咸：殷之贤大夫。仪：犹言榜样或标准。

㉕ 实：果实，这里作动词，播种。

㉖ 少歌：短歌。古代辞赋篇末总括全篇要旨的部分。

㉗ 抽：拔，引，陈述。

㉘ 无正：犹言没有评价是非。

㉙ 敖：傲，倨傲。

㉚ 倡：唱。

㉛ 畔（pàn，音判）：叛，离叛。

㉜ 茕（qióng，音穷）：独，孤独。

㉝ 卓远：遥远。卓，远。

㉞ 申：陈述，说明。

㉟ 孟夏：夏季首月。

㊱ 晦明：黑夜和白昼。

㊲ 九：非实指，言多。

㊳ 列星：众星。

㊴ 营营：来来往往的样子。

㊵ 信直：忠信正直。

㊶ 理：使者，媒人。

㊷ 濑（lài，音赖）：流得很急的水。湍：水流急。

119

㊸ 溯（sù，音素）：逆流而上。潭：深渊。

㊹ 狂：遽，忧惧。

㊺ 轸石：方石。轸，方形。嵗嵬（wēiwéi，音威唯）：高高的样子。

㊻ 超：超越。回：回邪。

㊼ 隐进：慢行。

㊽ 低佪（huái，音淮）：犹言徘徊。

㊾ 北姑：地名。

㊿ 烦冤：烦闷冤屈。瞀（mào，音冒）：烦乱。

(51) 沛：水流急速。徂：去。

(52) 苦神：伤神，劳神。

(53) 行媒：往来作媒妁的人。

(54) 道：道中。作颂：指作此篇。

(55) 自救：自解。

(56) 遂：达。

【评析】

《抽思》是《九章》的第四篇。一般认为，《抽思》之名，取自篇末少歌中的“与美人抽思兮，并日夜而无正”的诗句。游国恩先生说：“‘抽思’是排遣愁闷的意思，因篇中‘少歌’有‘与美人抽思’的话，故取以名。篇末乱辞云：‘道思作颂，聊以自救兮。’这就是‘抽思’二字的注脚。”不过，“与美人抽思兮”中的“抽思”，一般都作“抽怨”，只有朱熹的《楚辞集注》作“抽思”，朱熹说：“抽，拔也。思，意也。”蒋骥说：“抽，拔也。‘抽思’犹言剖露其心思。”抽思即是剖露自己的心思，将自己郁结于内心的愁绪抒写出来。因此，“抽思”也可能是概括大义，不一定就是从诗句中来。《九章》中，除《惜诵》外，其他两个字命名的诗篇《涉江》《哀郢》《怀沙》《橘颂》

也不是来自于文中诗句。

当然，也许有一种可能，即本来篇名应该叫"忧思"，取第一句"心郁郁之忧思兮，独永叹乎增伤"为名，后讹为"抽思"。《抽思》合理的篇名应是"忧思"，因为诗中表达的是屈原被疏远后，仍旧忧心国事，思念故都，加上心系怀王，愁苦难以自制的情绪。洪兴祖说："此章言己所以多忧者，以君信谗而自圣，眩于名实，昧于施报，己虽忠直，无所赴诉，故反复其词，以泄忧思也。"这个概括是非常准确的。《抽思》全篇始终不断表达忧思的内容，因此，这篇作品叫"忧思"可能比叫"抽思"更恰当。

关于《抽思》的写作时间，大体在完成《惜诵》之后。应是在屈原不复在位，返回汉北"三户"封地做三闾大夫时期所写的作品。诗中"悲秋风之动容兮，何回极之浮浮"明确提到了秋风。而"倡"辞说"有鸟自南兮，来集汉北，好姱佳丽兮，牉独处此异域。既惸独而不群兮，又无良媒在其侧"，又说"惟郢路之辽远兮，魂一夕而九逝"，这里提到了汉北、孟夏，以及郢路辽远。屈原在《抽思》中，对他所在的地点、所处的时间有非常清楚的交代。蒋骥《山带阁注楚辞》也说："此篇盖原怀王时斥居汉北所作也。"《抽思》诗中对楚王不任用他继续开展美政事业表现出了极大的失望之情，这说明屈原离开楚国政治中心的时间并不长久。

《抽思》在《九章》中，有特别的篇章结构。前有正文，后有"乱曰"，这和《九章》的其他篇章大体一致。但在正文之后"乱曰"之前，又有"少歌曰"，还有"倡曰"。"少歌曰"和"倡曰"与"乱曰"一样，都是音乐组织形式的术语，这里用来切割《抽思》的不同段落。《抽思》前半部分写去年秋天的事，后半部分则是写当年夏天之事。他心绪烦乱地独自长叹，在秋风扫荡的漫漫长夜中，毫无睡意。看到震撼万物的秋风，他回想起了君主屡屡震怒，他多想大步狂奔，以发泄心头之痛啊，但看到百姓，他又静下心来。

《抽思》说："昔君与我成言兮，曰黄昏以为期。羌中道而回畔兮，反既有此他志。憍吾以其美好兮，览余以其修姱。与余言而不信兮，盖为余而造怒。"这段诗句和《离骚》的"岂余身之惮殃兮，恐皇舆之败绩"一段具有相同的情结和情绪。屈原与楚王有约定，说好在黄昏时候相见，半路上君主却改变了想法，转身而去。君主对他矜夸着自己的美好，展示着自己的才能。可是为什么说好的话却又不算数，又对他怒气冲冲？他在犹豫盼望中，期待能有机会向君主进言，这些愁苦就这样折磨着他。"兹历情以陈辞兮，荪详聋而不闻。固切人之不媚兮，众果以我为患。"屈原想着向楚王陈辞，楚王却假装听不见。

他本来就如此正直，哪会阿谀奉承呢？终致一群小人将他当作祸患，并诋毁他。"望三五以为像兮，指彭咸以为仪。夫何极而不至兮，故远闻而难亏。善不由外来兮，名不可以虚作。孰无施而有报兮，孰不实而有获？"朱熹以"三五"为三皇五帝，或者三王五伯，可能皆不准确，应该指的是三王五帝。屈原不说三皇，虽然提到五霸，但更看重的是尧、舜、禹、汤、文、武。他希望君主能将美德发扬光大，以三王五帝为榜样，以古贤彭咸为楷模。屈原的美政理想不过是他的一厢情愿，"美政"虽然可能有利于楚国民众，但并不符合楚国执政者的核心利益。楚国是最早挑战西周德治体系的诸侯国，也是最早实行郡县制的集权国家，德治的前提是执政者需要以民众的利益为核心，这与楚国的历史和楚国执政者的所作所为背道而驰，因此，屈原只能在寒冷秋夜思绪万千，却不能开解，只能在此回忆与怀王之前的关系，责备君主的中道而废。

直至初夏，屈原依旧忧思难平。独居在异乡的屈原，有着时时翻涌的孤独。他看到了飞鸟从南边来，栖息在汉北，更加深了他对楚国都城的思念。望着北山而落泪，对着流水而叹息。本来初夏的夜晚是短暂的，可是他却度日如年。回归郢都的路途在他看来是那么遥远，虽然自己的灵魂在一夜之间已经回去很多次了，可是他的身体却一步未移。

苦闷的情绪与强烈的思念之情一直苦苦地折磨着屈原，他渴望早日回归，忧心无处可诉的痛苦就这样来回盘绕在屈原心头。那"忧心不遂，斯言谁告兮"的痛楚反反复复出现。《九章》中的大部分作品，都与《抽思》表达着相似的情感，有对楚国黑暗的不满，由此引发了他忧国忧民的悲情；又有自己不被君主接受，被小人陷害的伤感；还有对放逐生活的经历的表述，抒发自己生活的凄苦之情。在《抽思》中，我们能读到和《离骚》相似的抒情手法，"昔君与我成言兮，曰黄昏以为期""与余言而不信兮，盖为余而造怒""望北山而流涕兮，临流水而太息。望孟夏之短夜兮，何晦明之若岁！惟郢路之辽远兮，魂一夕而九逝""何灵魂之信直兮，人之心不与吾心同！理弱而媒不通兮，尚不知余之从容"。这些句子都细腻而充分地展示了屈原的失望和忧伤之情。

怀　沙

滔滔孟夏兮，^① 草木莽莽。^②
伤怀永哀兮，汩徂南土。^③

眴兮杳杳，^④ 孔静幽默。^⑤
郁结纡轸兮，^⑥ 离慜而长鞠。^⑦
抚情效志兮，^⑧ 冤屈而自抑。

123

刓方以为圜兮,^⑨ 常度未替。
易初本迪兮,^⑩ 君子所鄙。
章画志墨兮,^⑪ 前图未改。^⑫

内厚质正兮,^⑬ 大人所盛。^⑭
巧倕不斫兮,^⑮ 孰察其拨正。^⑯
玄文处幽兮,^⑰ 矇瞍谓之不章。^⑱
离娄微睇兮,^⑲ 瞽以为无明。^⑳
变白以为黑兮, 倒上以为下。
凤皇在笯兮,^㉑ 鸡鹜翔舞。

同糅玉石兮,^㉒ 一概而相量。^㉓
夫惟党人鄙固兮,^㉔ 羌不知余之所臧。

任重载盛兮, 陷滞而不济。
怀瑾握瑜兮,^㉕ 穷不知所示。

邑犬群吠兮, 吠所怪也。
非俊疑杰兮,^㉖ 固庸态也。^㉗

文质疏内兮,^㉘ 众不知余之异采。
材朴委积兮,^㉙ 莫知余之所有。

重仁袭义兮,^㉚ 谨厚以为丰。^㉛
重华不可遌兮,^㉜ 孰知余之从容!

古固有不并兮，^㉝岂知何其故！
汤、禹久远兮，邈而不可慕。

惩违改忿兮，^㉞抑心而自强。
离愍而不迁兮，^㉟愿志之有像。^㊱

进路北次兮，^㊲日昧昧其将暮。^㊳
舒忧娱哀兮，^㊴限之以大故。^㊵

乱曰：
浩浩沅、湘，分流汩兮。
修路幽蔽，道远忽兮。^㊶

怀质抱情，独无匹兮。
伯乐既没，骥焉程兮。^㊷

民生禀命，各有所错兮。^㊸
定心广志，余何畏惧兮！

曾伤爰哀，^㊹永叹喟兮。^㊺
世溷浊莫吾知，人心不可谓兮。

知死不可让，^㊻愿勿爱兮。^㊼
明告君子，吾将以为类兮。^㊽

【注释】

① 滔滔：阳气盛大的样子。

② 莽莽：草木旺盛的样子。

③ 汩：水流疾速的样子。徂：往。

④ 眴（shùn，音顺）：目动。杳杳：深远昏暗的样子。

⑤ 孔：很，甚。默：无声。

⑥ 郁结：指忧思烦冤纠结不解。纡轸（yūzhěn，音迂枕）：委屈而隐痛。纡，屈曲。轸，悲痛。

⑦ 离：古同"罹"，遭受。愍（mǐn，音敏）：痛。鞠（jū，音拘）：穷，穷困。

⑧ 抚：安慰。效：效验。

⑨ 刓（wán，音完）：削。圜：圆。

⑩ 易：改变。迪：道，道路。

⑪ 章：明显。志：记。

⑫ 图：法度。

⑬ 内厚：犹言秉性敦厚。质正：品质正直。

⑭ 大人：此处指君子。盛：盛美，赞美。

⑮ 倕（chuí，音垂）：人名，传说中的巧匠。斫（zhuó，音卓）：砍，削。

⑯ 察：明辨，了解。拨：治理，管理。

⑰ 玄文：黑色的花纹。玄，黑色。

⑱ 矇（méng，音蒙）：盲人。瞍：亦指盲人。章：明显，显著。

⑲ 离娄：传说古代视力极好的人。睇（dì，音地）：斜视。

⑳ 瞽（gǔ，音古）：盲人。

㉑ 笯（nú，音奴）：鸟笼。

126

㉒ 糅：杂。

㉓ 概：用来平斗斛的木板。

㉔ 党人：朋党。鄙固：鄙陋，不通达。鄙，鄙陋。固，顽固。

㉕ 瑾、瑜：二者都是美玉。

㉖ 非：否定、毁谤。疑：怀疑、猜忌。俊、杰：有才能的人。

㉗ 庸态：庸人之常态。

㉘ 文质：文质朴而不艳。疏内：迂阔而木讷。疏，迂阔。内，讷。

㉙ 材朴：未经雕饰的木材。委积：聚积，堆积。

㉚ 重：累积。袭：重，重复。

㉛ 谨厚：谨慎笃厚。厚，深，重。丰：盛，多，大。

㉜ 重华：指舜。遌（è，音饿）：古同"遻"，遇到。

㉝ 不并：指圣君贤臣不同时。并，俱。

㉞ 惩：受创而止。违：过失，错误。愆：愤恨，不平。

㉟ 迁：迁移，改变。

㊱ 像：法式，榜样。

㊲ 次：住宿。

㊳ 昧昧：昏暗的样子。

㊴ 舒：排遣。

㊵ 限：度。大故：指死亡。

㊶ 忽：遥远渺茫的样子。

㊷ 骥：好马。焉：文言疑问词，怎么，哪儿。程：衡量，估量。

㊸ 错：安放。

㊹ 曾：同"增"，增加。爰（yuán，音圆）：不止。

㊺ 喟（kuì，音愧）：叹息。

㊻ 让：闪避，拒绝。

㊼ 爱：吝惜。

⑱ 类：榜样，法式。

【评析】

《怀沙》是《九章》第五篇。关于"怀沙"的含义，大致有两种说法。一种说法认为"怀沙"就是怀抱沙石而自沉，"沙"是"沙石"的意思。东方朔的《七谏·沉江》说："赴湘沅之流渐兮，恐逐波而复东。怀沙砾而自沉兮，不忍见君之蔽壅。"司马迁在《史记·屈原贾生列传》中说屈原"乃作《怀沙》之赋。……于是怀石，遂自沉汨罗以死"，宋人洪兴祖、朱熹等也赞同这一观点。另一种说法认为"沙"指"长沙"，"怀沙"即怀念长沙之意。汪瑗在《楚辞集解》中提出："世传屈原自投汨罗而死，汨罗在今长沙府。此云怀沙者，盖原迁至长沙，因土地之沮洳，草木之幽蔽，有感于怀，而作此篇，故题之曰《怀沙》。怀者，感也。沙指长沙。题《怀沙》云者，犹《哀郢》之类也。"游国恩先生《屈原作品介绍》说："'怀沙'就是怀念长沙，不是怀抱沙石投江的意思。"从《怀沙》一篇正文中，看到有几处"怀"字，但不见"沙"字。《楚辞》之中，《离骚》《招魂》《大招》都说到"西方流沙"或者"流沙"，《招魂》中还有"沙版"一词，《大招》有"沙堂"，但很难有一个确实的证据说明"怀沙"此处所言"沙"是巨石。东方朔和司马迁说屈原"怀沙砾而自沉"或者"怀石遂自沉汨罗"，可能只是描述屈原自沉的细节事实，但并不一定能说东方朔和司马迁认为《怀沙》篇之"怀沙"就是"怀石"。

关于《怀沙》的写作时间，因为司马迁说屈原作了《怀沙》之后，就怀石自沉了，因此，一般都认为此篇作于屈原自沉前不久。此篇存在的争议在于其是否为屈原绝命辞。洪兴祖、林云铭等都认为《怀沙》是屈原的绝命辞。但朱熹在《楚辞辩证下·九章》对此提出质疑，他认为《惜往日》《悲回风》才是屈原的绝命词，他说："《骚经》《渔父》《怀沙》虽有彭咸、江鱼、死不可让之说，然犹未有决然之计也。是以其词虽切而犹未失其常度。……至《惜往日》《悲回风》，则其身已临沅、湘之渊而命在晷刻矣。"朱熹认为，《怀沙》词义虽然悲切，但是仍然可以看得出来屈原没有失去常态，而《惜往日》《悲回风》则可以看出屈原已经身处沅、湘之间了，已经彻底绝望了。蒋骥《山带阁注楚辞》也认为，《怀沙》"虽为近死之音，然纤而未郁，直而未激，犹当在《悲回风》《惜往日》之前，岂可遽以为绝笔欤"？不过，《怀沙》即使不为屈原的绝命词，但是也应该离他投江自沉不远了。文中表露出屈原深深的绝望和悲哀，洪兴祖《楚辞补注》说："此章言己虽放逐，不以穷困易其行。小人蔽贤，群起而攻之。举世之人，无知我者。思古人而不得见，伏节死义而已。太史公曰：'乃作《怀沙》之赋，遂自投汨罗以死。'原所以死，见于此赋，故太史公独载之。"司马迁在《史记》中全文收录《怀沙》这首诗，说明《怀沙》在屈原作品中的重要性。

《怀沙》开篇写道："滔滔孟夏兮，草木莽莽。伤怀永哀兮，汩徂南土。眴兮杳杳，孔静幽默。郁结纡轸兮，离慜而长鞠。抚情效志兮，冤屈而自抑。"由此可推测，此诗应该作于阴历四月，如果屈原确实是五月端午投江，那么这个时间距屈原沉江还有一段时日。屈原一方面重申自己虽然屡次遭受打击，但高洁的志向从未改变；另一方面屈原仍旧把批判的矛头指向楚国昏乱颠倒的政治与社会，"人心不可测"的绝望和死前的激愤悲哀在这激切的言辞中体现得淋漓尽致。诗人直叙南行路上的情状。这是在暖洋洋的四月初夏，草木葱郁。但诗人满怀伤感，他哀思绵长，匆匆南去。诗人眼中的景象不是初夏的明媚，而是昏暗幽深、万籁俱寂。诗人抚慰忧伤，考量心志，暗自压制心中的沉冤。诗人如此明白地看到了楚国社会的黑白不分、是非颠倒，"刓方以为圜兮，常度未替。易初本迪兮，君子所鄙。章画志墨兮，前图未改。内厚质正兮，大人所盛"，把方的削成圆的，这个社会的正常法度在哪里呢？诗人重申敦厚的品格不该改变，君子之行不能妥协，但是，坚守又是如此痛苦："离娄微睇兮，瞽以为无明。变白以为黑兮，倒上以为下。凤皇在笯兮，鸡鹜翔舞。同糅玉石兮，一概而相量。夫惟党人鄙固兮，羌不知余之所臧。"凤凰被关进了笼子，鸡鸭却肆意地乱舞。美玉和顽石被掺杂在一起，结党营私的小人不会明白君子的美好。"怀瑾握瑜兮，穷不知所示。邑犬群吠兮，吠所怪也。非俊疑杰兮，固庸态也。"作者怀抱着美玉，手握着宝石，却身处困境，美玉和宝石也不知该展现给谁看。《怀沙》篇名的含义就应在这一段话中，屈原"怀瑾握瑜"，而楚王和群小却"怀沙砾"。"文质疏内兮，众不知余之异采。材朴委积兮，莫知余之所有。重仁袭义兮，谨厚以为丰。重华不可遻兮，孰知余之从容！""遻"通"迕"，一作"遌"，"遻"和"迕"都是遇到的意思。屈原外貌质朴，禀性木讷，众人都不能了解他出众的文采。但屈原坚持以孔子及中国传统的价值观立身处世，没有如尧舜一样的圣君，当然就不可能有人认识到他的从容。"古固有不并兮，岂知其何故！汤、禹久远兮，邈而不可慕。惩违改忿兮，抑心而自强。离愍而不迁兮，愿志之有像。"明君和贤臣自古就很难出生在一个时代，夏禹、商汤距离现在是那么久远了。生不逢时，怀才不遇，更需要平抑自己的愤怒，压制自己的怨恨，坚持自己的志节。"进路北次兮，日昧昧其将暮。舒忧娱哀兮，限之以大故。"忧愁与悲哀难以排遣，黑夜悄然降临，生命的终点或许就在不远处。

屈原在乱辞中说："浩浩沅、湘，分流汩兮。修路幽蔽，道远忽兮……怀质抱情，独无匹兮。伯乐既没，骥焉程兮。民生禀命，各有所错兮。定心广志，余何畏惧兮！曾伤爰哀，永叹喟兮。世溷浊莫吾知，人心不可谓兮。知死不可让，愿勿爱兮。明告君子，吾将以为类兮。"诗人看着沅、湘之水奔流，望着长路幽深。伯乐已死，好马又该如何去衡量呢？人各有命，还是安心驰骋吧。这世间如此浑浊，世道人心已无话可说。如果死亡不可避免，他宁愿以死抗争。深深的绝望已经充满了诗人的心。如果说《离骚》是屈原对他前半生曲折道路的总结，《怀沙》则是对他后半生坎坷生活的回顾。

思美人

思美人兮，揽涕而伫眙。[①]
媒绝路阻兮，[②] 言不可结而诒。[③]

蹇蹇之烦冤兮，[④] 陷滞而不发。
申旦以舒中情兮，[⑤] 志沉菀而莫达。[⑥]

愿寄言于浮云兮，遇丰隆而不将。[⑦]
因归鸟而致辞兮，羌迅高而难当。[⑧]

高辛之灵盛兮，[⑨] 遭玄鸟而致诒。[⑩]
欲变节以从俗兮，媿易初而屈志。[⑪]

独历年而离愍兮，羌冯心犹未化。[⑫]
宁隐闵而寿考兮，[⑬] 何变易之可为。

知前辙之不遂兮，[⑭] 未改此度。
车既覆而马颠兮，蹇独怀此异路。

勒骐骥而更驾兮，^⑮造父为我操之。^⑯
迁逡次而勿驱兮，^⑰聊假日以须时。^⑱
指嶓冢之西隈兮，^⑲与纁黄以为期。^⑳

开春发岁兮，^㉑白日出之悠悠。
吾将荡志而愉乐兮，^㉒遵江、夏以娱忧。

揽大薄之芳茝兮，^㉓搴长洲之宿莽。^㉔
惜吾不及古人兮，吾谁与玩此芳草。

解萹薄与杂菜兮，^㉕备以为交佩。^㉖
佩缤纷以缭转兮，^㉗遂萎绝而离异。^㉘
吾且僵佪以娱忧兮，观南人之变态。^㉙
窃快在中心兮，^㉚扬厥凭而不俟。^㉛
芳与泽其杂糅兮，羌芳华自中出。

纷郁郁其远蒸兮，^㉜满内而外扬。
情与质信可保兮，羌居蔽而闻章。^㉝

令薜荔以为理兮，^㉞惮举趾而缘木。^㉟
因芙蓉而为媒兮，^㊱惮褰裳而濡足。^㊲

登高吾不说兮，^㊳入下吾不能。
固朕形之不服兮，^㊴然容与而狐疑。^㊵

广遂前画兮，^㊶未改此度也。

命则处幽吾将罢兮，^㊷愿及白日之未暮也。

独茕茕而南行兮，^㊸思彭咸之故也。

【注释】

① 揽涕：挥泪。伫眙（zhùchì，音注赤）：久立凝望。伫，长久站立。眙，注视，直视。

② 媒：此处指能与楚王连接的介绍人。

③ 诒（yí，音遗）：赠送。

④ 謇謇：忠诚正直的样子。

⑤ 申旦：犹言累日，日日。申，重复。旦，天将晓。

⑥ 沉菀（yù，音玉）：犹言沉积，郁积。

⑦ 丰隆：传说中的云神。

⑧ 羌：乃。当：遇。

⑨ 高辛：指帝喾。灵盛：神性充沛。

⑩ 玄鸟：燕子。

⑪ 媿（kuì，音溃）：同"愧"，惭愧。易初：改变初衷。屈志：委曲自己的心志意愿。

⑫ 冯：犹言愤懑。化：改变。

⑬ 隐闵：隐忍着忧伤。闵，通"悯"。寿考：全寿而善终。

⑭ 前辙：即初志。遂：成功，顺遂。

⑮ 勒：收住缰绳不使前进。骐骥：骏马。更：改变，改换。驾：车子。

⑯ 造父：善御之人。操：犹言驾驭。

⑰ 迁逡：犹言逡巡，徘徊不进的样子。次：止。驱：快跑。

⑱ 聊：姑且，聊且。假：借。须时：犹言等待时机。

⑲ 嶓（bō，音波）冢：山名。隈（wēi，音威）：山隅。

⑳ 与：以。纁（xūn，音熏）黄：黄昏。期：约定的时间。

㉑ 开春：新春、初春。发岁：岁首，一年起始。

㉒ 荡志：犹言荡涤忧思。

㉓ 揽：摘取。薄：草木丛生处。芳茝（chǎi）：香草。

㉔ 搴（qiān，音千）：采摘。宿莽：经冬不死的草，楚人称为宿莽。

㉕ 解：折取。萹（biān，音编）薄：丛生的萹蓄。萹，萹蓄，又名"扁竹"，草名。

㉖ 交佩：合而佩之，谓左右佩戴。

㉗ 缤纷：盛多貌。缭转：环绕，纠缠。缭，绕，缠绕。

㉘ 遂：终于，到底。萎绝：草木枯死凋落。离异：分离，解散。

㉙ 变态：习俗改变。

㉚ 窃快：个人隐藏于心而不敢公开的快乐。

㉛ 扬厥凭：犹言抒发愤懑。俟（sì，音四）：等待。

㉜ 郁郁：繁盛的样子。蒸：兴盛。

㉝ 居蔽：处于偏僻处。闻章：犹言名誉彰显。

㉞ 薜（bì，音必）荔：一种香草。理：使者，媒人。

㉟ 惮：畏惧，害怕。趾：足。缘木：爬树。

㊱ 因：依靠，凭借。芙蓉：荷花。

㊲ 褰裳：提起衣服。濡：沾湿、浸湿。

㊳ 登高：攀附高处。说：同"悦"。

㊴ 固：必，一定。朕形：即指我自身。服：习惯、熟习。

㊵ 容与：徘徊不进的样子。狐疑：指遇事犹豫不决。

㊶ 遂：成功，实现。前画：当初的谋划。画，谋划，策划。

㊷ 命则：犹言命该。处幽：身处幽暗。罢：停，歇。

㊸ 茕茕（qióng，音穷）：即"茕茕"，孤单的样子。

【评析】

《思美人》是《九章》的第六篇，《思美人》之名来自篇首一句"思美人兮，揽涕而伫眙"，所谓美人，有"怀王""襄王"之说。《思美人》提到江、夏、南行等地名和旅行路线，应该作于楚怀王客死于秦以后，屈原被迁于江南之时。作者提到"媒绝路阻"问题，显然是在被逐初期，屈原还寄希望能重新得到报效楚国的机会。诗中说："开春发岁兮，白日出之悠悠。"说明这首诗写作于春天，而《哀郢》有"方仲春而东迁"的说法，因此，屈原南行的开始节点是春天，大概是可以肯定的。

以美人譬喻君主，是屈原作品习惯的书写手法。洪兴祖说："此章言己思念其君，不能自达，然反观初志，不可变易，益自修饬，死而后已也。"诗人思念美人，不仅是为了抒发对君主的思念，更是为了坚守自身高洁的品格与美政的理想。

《思美人》开篇说："思美人兮，揽涕而伫眙。媒绝路阻兮，言不可结而诒。蹇蹇之烦冤兮，陷滞而不发。申旦以舒中情兮，志沉菀而莫达。愿寄言于浮云兮，遇丰隆而不将。因归鸟而致辞兮，羌迅高而难当。"思美人就是思念贤君，但屈原缺少传话的媒人，诗人愁肠欲断，给君主的谏言只能托付给浮云，但云神也不愿意听他讲，想依靠飞鸟替他传达，但鸟儿迅速高飞，转瞬已不可见。"欲变节以从俗兮，愧易初而屈志"，屈原思考是否要改变志节追随流俗，但是羞愧委屈之情顿时涌现。"知前辙之不遂兮，未改此度"，所以他宁愿穷苦一生，也不能改变自己的气节。明知道坚守志向的道路不会平坦，但是他至死也不愿改变自己的处世原则。"车既覆而马颠兮，蹇独怀此异路"至"指嶓冢之西隈兮，与纁黄以为期"说车已经颠覆，马也颓倒了，这道路果真艰难不平。勒住骏马，重套车驾，周朝的造父也为我执辔驾驭。要他慢慢前行不要纵马疾行，姑且偷闲等待着时机吧。屈原不会变节从俗，他希望的是楚王能以前车倾覆为借鉴，改弦易辙。

"开春发岁兮，白日出之悠悠"至"情与质信可保兮，羌居蔽而闻章"，诗人虽然在自我开解，但忧思始终难以排遣。他曾敞开心扉寻找快乐，他沿着江水、夏水消忧。他摘下丛林里芬芳的苣草，拔取沙洲上生长的宿莽，他采摘丛生的香草当作身边的佩饰，他要让这些芬芳缠绕周身。可这些芳草最终是要凋谢枯萎，被扔到一边。虽然芳香和浊臭时常混杂在一起，但花朵的芬芳依旧是难以遮掩的。他坚信，只要保持自己的心志，虽然地处偏远，也能声名远扬。这里虽有伤心与绝望，也有美好的设想。"令薜荔以为理兮，惮举趾而缘木"至"独茕茕而南行兮，思彭咸之故也"一段，诗人命令薜荔去做信使，却担心要去抬脚攀援树木；他依靠芙蓉去做媒人，却害怕将双脚沾湿。向高处爬他不愿意，往低处行走他也不愿意，就这样犹豫不决，徘徊踟蹰。他如此犹豫，不知该如何表达悲伤与绝望，但是他又是那么积极地说服自己，虽然幽居于偏僻之地，但仍愿趁着年轻有所作为。"独茕茕而南行"，说明他仍旧怀抱理想；"愿及白日之未暮"，表明他将会寻找任何一丝希望。

在《九章》之中，《惜诵》《思美人》《惜往日》《橘颂》都没有乱辞，这与《离骚》不同。不过，《思美人》和《九章》的其他诗篇一样，主旨和书写形式都与《离骚》类似。《思美人》中寄言浮云，致辞归鸟，令薜荔以为理，因芙蓉以为媒，这些书写，都是《离骚》常见的手法。

惜往日

惜往日之曾信兮，受命诏以昭诗。[①]

奉先功以照下兮，^②明法度之嫌疑。^③

国富强而法立兮，属贞臣而日娭。^④
秘密事之载心兮，^⑤虽过失犹弗治。^⑥

心纯庬而不泄兮，^⑦遭谗人而嫉之。
君含怒而待臣兮，不清澈其然否。^⑧

蔽晦君之聪明兮，^⑨虚惑误又以欺。^⑩
弗参验以考实兮，^⑪远迁臣而弗思。^⑫
信谗谀之溷浊兮，盛气志而过之。^⑬

何贞臣之无罪兮，被离谤而见尤！^⑭
惭光景之诚信兮，^⑮身幽隐而备之。^⑯

临沅、湘之玄渊兮，^⑰遂自忍而沉流。
卒没身而绝名兮，惜壅君之不昭。^⑱

君无度而弗察兮，使芳草为薮幽。^⑲
焉舒情而抽信兮，恬死亡而不聊。^⑳
独鄣壅而蔽隐兮，^㉑使贞臣为无由。^㉒

闻百里之为虏兮，^㉓伊尹烹于庖厨。^㉔
吕望屠于朝歌兮，^㉕宁戚歌而饭牛。^㉖
不逢汤、武与桓、缪兮，^㉗世孰云而知之！

吴信谗而弗味兮，[28] 子胥死而后忧。[29]
介子忠而立枯兮，[30] 文君寤而追求。[31]
封介山而为之禁兮，报大德之优游。[32]
思久故之亲身兮，因缟素而哭之。[33]

或忠信而死节兮，[34] 或訑谩而不疑。[35]
弗省察而按实兮，[36] 听谗人之虚辞。
芳与泽其杂糅兮，孰申旦而别之？[37]

何芳草之早夭兮，微霜降而下戒。
谅聪不明而蔽壅兮，[38] 使谗谀而日得。[39]

自前世之嫉贤兮，谓蕙若其不可佩。[40]
妒佳冶之芬芳兮，[41] 嫫母姣而自好。[42]
虽有西施之美容兮，谗妒入以自代。

愿陈情以白行兮，[43] 得罪过之不意。
情冤见之日明兮，[44] 如列宿之错置。[45]

乘骐骥而驰骋兮，无辔衔而自载。[46]
乘氾泭以下流兮，[47] 无舟楫而自备。
背法度而心治兮，[48] 辟与此其无异。

宁溘死而流亡兮，恐祸殃之有再。
不毕辞而赴渊兮，[49] 惜壅君之不识。

【注释】

① 诏：帝王所发的文书命令。昭：显扬，显明。诗：指法度，典文。

② 奉：承。先功：先君的功烈、法度、典章等。照：示。下：臣民。

③ 明：明确。法度：犹言典章制度等。嫌疑：有疑问之处。

④ 属（zhǔ，音煮）：托付。贞臣：忠正有节操的臣子。贞，正。日娭（xī，音西）：指君王将国事付之正直大臣，自己完全可以终日无事而游息。娭，玩乐，嬉戏。

⑤ 秘：保守秘密，不外泄。密事：机密之事。载心：放在心里。

⑥ 弗治：不治罪。

⑦ 纯厖（máng，音忙）：纯朴敦厚。厖，丰厚。

⑧ 清澈：犹言澄清，明辨。然否：是非，虚实。

⑨ 蔽晦：壅蔽，遮挡。

⑩ 虚：空。惑误：迷之使误。惑，惑乱。误，耽误。

⑪ 参验：比较并验证。考实：考按实情。

⑫ 迁：贬谪，放逐。弗思：指不念过往。

⑬ 气志：指精神、意志。过：怪罪，责难。

⑭ 被：遭遇，遭受。离：古同"罹"，遭受。谤：恶意攻击别人，说别人的坏话。尤：指责。

⑮ 光景：光辉、光亮。诚信：诚恳信实。

⑯ 幽隐：犹言身处幽蔽隐晦处。

⑰ 玄渊：深渊。

⑱ 壅君：被壅蔽之君。昭：明亮、光明。

⑲ 薮（sǒu，音叟）：湖泽。

⑳ 恬：安于。聊：姑且，苟且。

㉑ 鄣（zhāng，音张）壅：阻塞遮蔽，阻隔。蔽隐：隐藏，遮掩。

㉒ 无由：犹言没有可由经之路。

㉓ 百里：指春秋时人百里奚。虏：被俘获的人。

㉔ 伊尹：商汤宰相。烹：烧煮。庖厨：厨房。

㉕ 吕望：吕尚，即姜子牙。屠：宰杀牲畜。朝歌：地名，殷国都。

㉖ 宁戚：卫人，齐国大臣。饭牛：喂牛。

㉗ 逢汤、武与桓、缪：伊尹得汤之重视，吕望得武王之重视，宁戚得齐桓公之重视，百里奚得秦穆公重视，俱得重用，而成名贤臣。

㉘ 吴：指吴王夫差。味：本意指辨别食物味道，此处指辨别事物正误。

㉙ 子胥：即伍子胥，名员，字子胥，楚国人，春秋末期吴国大夫、军事家。伍子胥曾多次劝谏吴王夫差杀勾践，夫差听信太宰伯嚭谗言，令伍子胥自杀。伍子胥死后，吴国为越国所灭。

㉚ 介子：即介子推，曾随晋文公流亡，并割股奉君。立枯：介子推隐于介山而不肯出，晋文公烧山，介子推抱树烧死，故曰立枯。

㉛ 文君：晋文公。寤：觉悟，醒悟。

㉜ 优游：有余。

㉝ 缟素：此处指丧服。缟，白绢。素，本色未染的生绢。

㉞ 死节：为坚守节操而死。

㉟ 诡谩（yímán，音疑蛮）：欺诳，欺诈。不疑：言人君不疑。

㊱ 省（xǐng，音醒）察：审察。按：考察。

㊲ 申旦：申述明白。别：辨别，识别。

㊳ 谅：信，诚。聪：听觉。

㊴ 得：得志。

㊵ 蕙若：蕙草与杜若，皆香草。

㊶ 佳冶：指容貌美者。

㊷ 嫫（mó，音磨）母：貌丑者。姣：妖媚。

㊸ 陈情：陈述衷情。白行：表白自己的行为。白，告诉，陈述。

㊹ 情冤：情实与冤枉，犹是非曲直。见：古同“现”，出现，显露。日明：日益明白。

㊺ 列宿：众星宿。错置：交错陈布。

㊻ 辔：马缰绳。衔：马嚼子。载：乘。

㊼ 氾（fàn，音饭）：浮。泭（fú，音福）：竹木编成的筏子。下流：顺水势而下。

㊽ 心治：谓不用法度，而凭主观意愿治理政事。

㊾ 毕辞：尽所欲言。毕，完结，完毕。

【评析】

《惜往日》是《九章》的第七篇。《惜往日》的篇名取自此诗篇首“惜往日之曾信兮”开头三字。洪兴祖《楚辞补注》说：“此章言己初见信任，楚国几于治矣。而怀王不知君子小人之情状，以忠为邪，以僭为信，卒见放逐，无以自明也。”该诗通过对自己过往政治经历的叙述，追忆自己与楚王的往日关系，曾经的被信赖及至如今的放流生涯，表现了正道直行的贤才被弃用、枉道邪行的小人受重用是昏庸时代的普遍现象，因此，诗人表现出极度的失望，甚至要以死殉国。

《惜往日》大概写于《怀沙》之后，为屈原接近人生终点的作品。诗中对楚王的态度与之前相比，有所变化。之前诗篇会以“荪”“美人”来比喻君主，而此诗中称君主为“壅君”。可见他与君主决裂的态度，但是否为屈原的绝命词，仍然有不同看法。从诗文内容可看出，这里有屈原与楚怀王之间亲密的交往，也有他从被信任到被疏远以至于最后不得不以死殉国的经过。总体来说，对于往事的追忆是此诗的主旋律。

从宋代以来，有人认为《惜往日》不是屈原的作品，但并没有提供切实的证据，如魏了翁《鹤山渠阳经外杂抄》卷二所载："《回风》《惜往日》，音韵何凄其！追吊属后来，文类玉与差。……按，子胥挟吴败楚，几墟其国。三闾同姓之卿，义笃君亲，决不称胥以自况也。"魏了翁认为伍子胥领着吴兵攻楚，并破郢都，屈原为楚宗室，应该仇恨伍子胥才对，但《惜往日》诗中却称赞了伍子胥，因此提出《惜往日》是宋玉、景差之徒为凭吊屈原而作。这种观点显然是站不住脚的。据《史记·伍子胥列传》载，伍子胥的父亲伍奢于楚平王时为太子建太傅，费无忌为少傅。费无忌为太子娶妇于秦，因秦女是大美人，所以费无忌建议楚平王自娶秦女，为太子另外娶妻。费无忌担心楚平王死后太子怨恨自己，所以谗太子建，太子建闻讯亡奔宋。楚平王听费无忌之言，杀伍奢及其子伍尚，伍子胥亡命吴国。公元前506年，伍子胥与孙武率吴军灭楚，此时楚平王已死，伍子胥"乃掘楚平王墓，出其尸，鞭之三百，然后已"。伍子胥在复仇以后，忠心于吴国，后被吴王夫差所害，但伍子胥的忠直与智慧，一直为包括楚国人在内的中国人敬仰。司马迁评价说："怨毒之于人甚矣哉！王者尚不能行之于臣下，况同列乎！向令伍子胥从奢俱死，何异蝼蚁。弃小义，雪大耻，名垂于后世，悲夫！方子胥窘于江上，道乞食，志岂尝须臾忘郢邪？故隐忍就功名，非烈丈夫孰能致此哉？"伍姓本是楚国贵族，伍子胥一家惨遭无道暴君之害，而原始儒家认为人与人的关系的基础是父子关系，因此，在父子关系和君臣关系之间，父子关系永远具有优先性。《礼记·曲礼上》曰："父之仇弗与共戴天，兄弟之仇不反兵，交游之仇不同国。"是说不能和杀父之人同处在天地之间，必得报仇雪恨才有生存资格。兄弟被害，与害人者相遇，不必返回找武器，必须马上击杀。楚平王冤杀伍子胥之父兄，伍子胥有责任复仇，除非伍子胥死了。伍子胥见楚平王已死，所以掘墓鞭尸，以实现复仇的目的。司马迁赞伍子胥是"烈丈夫"，这个观点是历史主义的。屈原在《惜往日》中赞扬伍子胥，说明屈原不是为了楚国宗室和他自己家族的利益而关心楚国，而是为了把楚国建设成一个具有"美政"的理想国。这是屈原高尚情怀的体现。因此，魏了翁这种臆测并无多大价值。近代有人认为《惜往日》全系法家思想，也是没有任何根据的。

《惜往日》开篇从"惜往日之曾信兮，受命诏以昭诗"至"惭光景之诚信兮，身幽隐而备之"一段，诗人回忆他年轻时候曾受到信任，传达君主的诏令昭明天下，他帮助君主辨明法度，决断疑难，那时候国富民强，君臣也经常轻松游乐。但是美好的日子一去不再，这是因为奸佞小人嫉妒他，诋毁他，他又是心性敦厚之人，不善辩白。君主愤怒地斥责这位曾经信赖的臣子，甚至不去辨清其中的是非对错。他的心就这样似日月被遮蔽了光辉，忧愤难平。"临沅、湘之玄渊兮，遂自忍而沉流"至"独鄣壅而蔽隐兮，使贞臣为无由"一段写壅君不可能清醒，贞臣无路可走。屈原到了沅湘水边，望着深邃浩荡的江水，他想到了自沉江流。"闻百里之为虏兮，伊尹烹于庖厨"至"或忠信而死节兮，或诔谩而不疑"一段提到了很多先贤，秦国大夫百里奚做过俘虏，商汤宰相伊尹担任过厨师，周武王的谋士姜太公吕望在朝歌做过屠夫，齐国重臣宁戚曾经以喂牛为生。如果他们没有遇到商汤、周武王、齐桓公、秦穆公，谁人能知道他们是贤才？吴王夫差听信谗言，伍子胥死后国破家亡；介子推忠信于晋文公，却活活被烧死了！念及那些遇到贤明君主的臣子，他心怀羡慕；想到那些被昏君遗弃的贤能之人啊，他感已伤身。有人忠贞诚信却要为坚守节操而死，有人欺诈虚伪却无人怀疑。"弗省察而按实兮，听谗人之虚辞"，昏庸的君主就这样不辨是非，受谗言蒙蔽，阿谀之徒才日渐得势。这些正反的历史事例说明遇明君不易，也正反衬了楚王的昏庸，"何芳草之早夭兮，微霜降而下戒。谅聪不明而蔽壅兮，使谗谀而日得"。谗谀得志，芳草早夭，也许就是诗人的宿命。

"自前世之嫉贤兮，谓蕙若其不可佩"至"乘氾泭以下流兮，无舟楫而自备"一段说自古小人嫉妒贤能，他们嫉妒佳人散发出的芳香，丑妇嫫母却自认为自己美丽万方。小人们的恶令他厌恶，朝政已经被这些罪恶的人把持，言不上达，君主闭目塞听。他在远处偏僻的地方，只能远远追忆啊。这种有冤屈而无处申辩的痛楚是那么强烈，他骑上骏马自由驰骋，甩去缰绳和衔铁任马匹自行驱驰；他乘着木筏顺流而下，没有船桨和帆舵，他如此满心惆怅，只愿自己随水流而逝，希望自己可以永远不再思考那些痛心之事了。

屈原通过对自身遭遇的追忆，以及对历史上曾经发生过的无数忠臣遭遇的分析，认为他的人生已经穷途末路了。"背法度而心治兮，辟与此其无异。宁溘死而流亡兮，恐祸殃之有再。不毕辞而赴渊兮，惜壅君之不识。"楚王背离法度，楚国已经没有前途，对于诗人来说，剩下的只有灾难，为了避免再次罹祸，溘死或流亡都是必要的选项。

橘　颂

后皇嘉树，①橘徕服兮。②
受命不迁，生南国兮。

深固难徙，③更壹志兮。
绿叶素荣，④纷其可喜兮。⑤

曾枝剡棘，⑥圆果抟兮。⑦
青黄杂糅，文章烂兮。⑧

精色内白，⑨类任道兮。⑩

纷缊宜修，⑪ 姱而不丑兮。

嗟尔幼志，⑫ 有以异兮。
独立不迁，岂不可喜兮。

深固难徙，廓其无求兮。⑬
苏世独立，⑭ 横而不流兮。⑮

闭心自慎，⑯ 不终失过兮。
秉德无私，参天地兮。⑰

愿岁并谢，⑱ 与长友兮。
淑离不淫，⑲ 梗其有理兮。⑳

年岁虽少，可师长兮。㉑
行比伯夷，㉒ 置以为像兮。㉓

【注释】

① 后：后土。皇：皇天。嘉：美。

② 徕服：谓生来适应当地水土气候。

③ 深固：根深而坚固。徙：迁徙。

④ 素荣：白花。素，白。荣，华，花。

⑤ 纷：纷纷然，言多。可喜：犹言可爱。

⑥ 曾枝：层层叠叠的树枝。曾，通"层"。剡（yǎn，音掩）棘：锐利的刺。剡，尖，锐利。

⑦ 抟（tuán，音团）：圆。

⑧ 文章：美丽的图案和花纹。烂：灿烂，有光彩。

⑨ 精：明亮。内白：内质洁白。

⑩ 类、貌：似、貌。任道：有道。

⑪ 纷缊（yùn，音运）：繁盛的样子。宜修：修饰合宜得体，指善于修饰，形貌美好。

⑫ 嗟：叹词。尔：汝，指橘而言。幼志：自幼的志向。

⑬ 廓：开阔广大。

⑭ 苏世：犹醒世。苏，清醒。独立：特立、超群。

⑮ 横：横绝。流：随流于俗。

⑯ 闭心：将独立之志藏在心里。自慎：谨慎自守。

⑰ 参：比，并。

⑱ 岁：年岁，时日。并：全，全都。谢：去。

⑲ 淑离：独善。淑，善。离，孤特。

⑳ 梗：正直。理：纹理，条理。

㉑ 师长：指以之为师长，即可效法之。

㉒ 伯夷：孤竹君之子，拒绝君主之位，行为高洁，不受世俗利益引诱，后饿死。

㉓ 置：树立。像：法式，榜样。

【评析】

《橘颂》是《九章》的第八篇。这是一首简短的咏物诗，是一篇关于橘树的颂歌，所以取名《橘颂》。洪兴祖在《楚辞补注》中说："美橘之有是德，故曰颂。"该诗赞扬橘树受命不迁、深固难徙的独立精神，寄托屈原自己坚守人生底线，不为艰难曲折和世俗荣辱所动的伟大人格。

《橘颂》和《九章》的其他诗篇抒发的情感有着很大区别，诗里充满了奋发的精神和生气蓬勃的景象，没有明显的悲愤之情。所以有不少人认为这首诗是屈原早期所写，如汪瑗《楚辞集解》曰："此篇乃平日所作，未必放逐之后之所作者也。"陈本礼《屈辞精义》说："原之颂橘似在郢都作也……其曰'受命不迁'，是言禀受天赋之命，非被放之命也；其曰'嗟尔初志''年岁虽少'，明明自道，盖早年童冠时作也。"这种观点并不可靠。屈原的坚定，是在困苦坚守中不断磨练而成的，是经过多次的彷徨和挣扎，逐渐明晰的。从《离骚》开始，一直到《九章》中，屈原还会犹豫是否应该坚守，是否可以从俗。而在《橘颂》之中，他从橘树身上，找到了坚守的力量。这篇作品表现的坚守情怀，比过去都要坚定，这篇作品的写作时间，应该也是屈原在流放江南时。屈原见橘树，想起北国没有橘树，所以才感叹橘树"受命不迁，生南国兮""深固难徙，更壹志兮""独立不迁，岂不可喜兮""苏世独立，横而不流兮""秉德无私，参天地兮"。屈原所感叹的橘树的这些品格，正是我们今天所知的屈原精神价值的主要组成部分。因此，屈原虽然在歌颂橘树，实际是在激励自己。在橘树身上，屈原看到了自己的过往，也获得了坚持的力量。

　　《橘颂》篇幅不长，基本可以看作是四言诗。此诗从橘树的外表形态入手，描绘了生于南国的橘树之形象。橘树是如此美好，它们适应这片土地，禀承天地之命决不外迁，扎根生长于此。绿色的叶子，白色的花，缤纷繁茂惹人爱，层叠的树枝，尖锐的利刺，圆圆的果实簇拥成团。青黄两色混杂在一起，色泽美丽。外表鲜艳，内心纯洁，橘树不仅有不迁移这样专一的心志，更如君子一般肩负重任，有着美好的风姿。他看到了橘树完美的外表，更钦佩它们高尚的品格："嗟尔幼志，有以异兮。"橘树就这样具有了人格，它们的志气是从小就与别人不同的，岿然独立不变更，根深蒂固难转移，胸襟开阔无所求，它们清醒卓立于人间浊世，从不会随波逐流。"秉德无私，参天地兮。

愿岁并谢，与长友兮。"诗人看到了橘树秉持道德，公正无私，和天地同在的高尚品质，他倾心于橘树，愿意长久地和它们相伴为友。

《橘颂》在中国古代咏物诗中具有重要地位，刘勰在《文心雕龙·颂赞》中说："及三闾《橘颂》，情采芬芳，比类寓意，又覃及细物矣。"刘勰认为《橘颂》是物颂的开篇，屈原之前，所颂皆为人鬼神，而屈原《橘颂》推介到了小物。在屈原笔下，橘树不仅枝叶繁茂，而且内涵丰富，屈原写橘树实则也是在写自己，屈原以橘树来比喻自己，同时也是用拟人的手法写橘树。

悲回风

悲回风之摇蕙兮，^① 心冤结而内伤。^②
物有微而陨性兮，声有隐而先倡。^③

夫何彭咸之造思兮，^④ 暨志介而不忘！^⑤
万变其情岂可盖兮，^⑥ 孰虚伪之可长。

鸟兽鸣以号群兮，^⑦ 草苴比而不芳。^⑧
鱼葺鳞以自别兮，^⑨ 蛟龙隐其文章。^⑩
故荼荠不同亩兮，^⑪ 兰茝幽而独芳。

惟佳人之永都兮，^⑫ 更统世而自贶。^⑬
眇远志之所及兮，^⑭ 怜浮云之相羊。^⑮
介眇志之所惑兮，^⑯ 窃赋诗之所明。

惟佳人之独怀兮，折若椒以自处。

曾歔欷之嗟嗟兮，^⑰独隐伏而思虑。
涕泣交而凄凄兮，^⑱思不眠以至曙。^⑲
终长夜之曼曼兮，^⑳掩此哀而不去。

寤从容以周流兮，^㉑聊逍遥以自恃。^㉒
伤太息之愍怜兮，^㉓气于邑而不可止。^㉔

纠思心以为纕兮，^㉕编愁苦以为膺。^㉖
折若木以蔽光兮，随飘风之所仍。^㉗

存髣髴而不见兮，^㉘心踊跃其若汤。^㉙
抚珮衽以案志兮，^㉚超惘惘而遂行。^㉛

岁忽忽其若颓兮，^㉜时亦冉冉而将至。^㉝
蘪蘅槁而节离兮，^㉞芳以歇而不比。^㉟

怜思心之不可惩兮，^㊱证此言之不可聊。^㊲
宁逝死而流亡兮，不忍此心之常愁。

孤子吟而抆泪兮，^㊳放子出而不还。^㊴
孰能思而不隐兮，^㊵照彭咸之所闻。

登石峦以远望兮，路眇眇之默默。^㊶
入景响之无应兮，闻省想而不可得。^㊷

愁郁郁之无快兮，居戚戚而不可解。

149

心靰羁而不形兮，[43] 气缭转而自缔。[44]

穆眇眇之无垠兮，莽芒芒之无仪。[45]
声有隐而相感兮，物有纯而不可为。[46]

藐蔓蔓之不可量兮，[47] 缥绵绵之不可纡。[48]
愁悄悄之常悲兮，翩冥冥之不可娱。[49]
凌大波而流风兮，[50] 托彭咸之所居。[51]

上高岩之峭岸兮，处雌蜺之标颠。[52]
据青冥而摅虹兮，[53] 遂倏忽而扪天。[54]
吸湛露之浮凉兮，[55] 漱凝霜之雰雰。[56]
依风穴以自息兮，[57] 忽倾寤以婵媛。[58]

冯昆仑以瞰雾兮，[59] 隐岷山以清江。[60]
惮涌湍之磕磕兮，[61] 听波声之汹汹。

纷容容之无经兮，[62] 罔芒芒之无纪。[63]
轧洋洋之无从兮，[64] 驰委移之焉止。[65]

漂翻翻其上下兮，[66] 翼遥遥其左右。[67]
氾潏潏其前后兮，[68] 伴张弛之信期。[69]

观炎气之相仍兮，[70] 窥烟液之所积。[71]
悲霜雪之俱下兮，听潮水之相击。

借光景以往来兮，^⑦施黄棘之枉策。^⑦
求介子之所存兮，^⑦见伯夷之放迹。^⑦

心调度而弗去兮，^⑦刻著志之无适。^⑦
曰：吾怨往昔之所冀兮，悼来者之愁愁。^⑦

浮江、淮而入海兮，从子胥而自适。^⑦
望大河之洲渚兮，悲申徒之抗迹。^⑧

骤谏君而不听兮，^⑧重任石之何益！^⑧
心絓结而不解兮，^⑧思蹇产而不释。^⑧

【注释】

① 回风：旋转的风。

② 结：犹言冤枉之情结于心而不可解。

③ 声：指风声。隐：隐匿。倡：始。

④ 彭咸之造思：即造思彭咸之倒装，犹言追思彭咸。造，兴。思，念。

⑤ 暨：和，及，与。介：耿介。忘：失。

⑥ 万变：反复无常。盖：掩饰，覆盖。

⑦ 号群：呼唤同类。号，呼号。

⑧ 草茞（chá，音查）：枯草。比：靠近，挨着。

⑨ 葺（qì，音气）：累积，重叠。

⑩ 文章：谓龙鳞的光彩。

⑪ 荼荠：两种植物，荼苦而荠甘。不同亩：不长在一起。

⑫ 惟：思。都：美好。

⑬ 更：更历。统：相承的系统。贶（kuàng，音矿）：通"况"，比

151

方，与。

⑭ 眇：高远，渺远。

⑮ 相羊：无所依据的样子。

⑯ 介：节，耿介。眇志：高眇之志。

⑰ 曾：重。嗟嗟：叹息。

⑱ 交：并，一齐，同时。凄凄：悲伤的样子。

⑲ 曙：天明。

⑳ 曼曼：漫长的样子。

㉑ 寤：醒来。从容：舒缓悠闲的样子。周流：犹言周游，遍游。

㉒ 自恃：犹言自娱。

㉓ 愍（mǐn，音闵）怜：怜悯。

㉔ 于邑：愁闷，郁悒。

㉕ 纠：编结。纕（xiāng，音香）：佩戴。

㉖ 膺：胸。此处指络胸之物。

㉗ 仍：因，袭。

㉘ 存：怀有，存心。髣髴（fǎngfú，音仿佛）：形似。

㉙ 踊跃：欢欣奋起的样子。汤：热水。

㉚ 珮：玉佩。衽（rèn，音认）：衣襟。案：按，抑。

㉛ 惘惘：恍惚的样子。

㉜ 岁：指时间，光阴。曶曶（hū，音忽）：迅速，快。颓：衰老。

㉝ 冉冉：渐渐。

㉞ 蘋（fán，音烦）蘅：香草。槁：枯干。节离：草木枯萎时茎节处断落。

㉟ 歇：草木败落。比：合，谓聚合而茂盛。

㊱ 思心：心中的愁思。惩：受创而止。

㊲ 聊：依赖，寄托。

152

㊳ 抆（wěn，音吻）：擦拭。

㊴ 放：弃逐，流放。

㊵ 隐：忧。

㊶ 眇眇：遥远。默默：寂寥无人。

㊷ 省想：体察思考，反省。省，省察。

㊸ 鞿（jī，音肌）羁：马缰绳和马络头。谓受约束。不形：不显露。

㊹ 缭转：缠绕。缔：结。

㊺ 莽：茂密，盛多。芒芒：广大辽阔的样子。仪：匹配。

㊻ 纯：美，善。为：治。

㊼ 藐（miǎo，音秒）：远。蔓蔓：漫长貌。

㊽ 缥：微细。绵绵：谓延绵不绝的样子。纡（yū，音迂）：屈曲。

㊾ 翩：疾飞的样子。冥冥：幽远。

㊿ 凌：乘，驾驭。流：犹言随。

(51) 托：寄。

(52) 雌蜺：副虹。标颠：顶端。标，顶端。颠，顶。

(53) 据：靠，依。青冥：青天、苍天。摅（shū，音书）：舒。

(54) 倏忽：迅速，快。扪（mén，音门）：抚摸。

(55) 湛：浓重，厚。浮：轻。

(56) 雰雰（fēn，音分）：本指雪下得大的样子，此处形容霜浓重。

(57) 风穴：风口。

(58) 倾寤：翻身醒来。婵媛：伤感而流连。

(59) 冯：登。瞰：俯视。

(60) 隐：依，伏。岷山：山名。清江：使江清澈。

(61) 惮：畏惧。涌湍：奔涌的流水。湍，急流之水。磕磕（kē，音科）：流水声。

(62) 纷：杂乱。容容：变化不定的样子。无经：无则，没有常规或法度。

(63) 罔：惘然。芒芒：茫茫，模糊不清。无纪：无纲纪。

(64) 轧：倾轧。洋洋：无边际。从：依。

(65) 委移：逶迤，曲折而长。

(66) 漂翻翻：上下翻腾摇动不定的样子。

(67) 翼：迅疾。遥遥：飘摇流动的样子。

(68) 氾（fàn，音泛）：漂浮。潏（jué，音决）潏：水流涌出之貌。

(69) 伴：读为背叛之叛。信期：准确之期。

(70) 炎气：火气，热气。相仍：相继，连续不断。

(71) 烟液：古人认为火气上升为云，云凝为液是雨。

(72) 借光景：犹言假以时日。

(73) 施：挥动。黄棘：棘刺。枉策：弯曲的马鞭。

(74) 所存：所在。

(75) 伯夷：商朝末年孤竹国君的儿子。伯夷及其弟叔齐不愿做孤竹国君，先至岐周，后隐于首阳山。

(76) 调度：调和自己的行度。

(77) 著：明。适：去，之。

(78) 惕惕（tì，音替）：忧惧的样子。

(79) 自适：顺适自己意志。

(80) 申徒：指申徒狄，殷末人，不忍见纣乱，自沉于渊。抗迹：高尚之举。

(81) 骤：数次。

(82) 任：负荷，肩负。

(83) 絓（guà，音挂）结：心中缠绕郁结。

(84) 蹇产：指思绪郁结。

【评析】

　　《悲回风》是《九章》的第九篇,《悲回风》的命名来自首句"悲回风之摇蕙兮"中的前三字。这里的回风即秋风。《悲回风》的写作时间应该在《思美人》《涉江》之后,在《惜往日》《怀沙》之前。诗中涉及的地域较广,虽然不排除有虚构的成分,但其中的"江、淮",应是实写。

　　关于本篇的内容和主旨,洪兴祖《楚辞补注》曰:"此章言小人之盛,君子所忧,故托游天地之间,以泄愤懑,终沉汨罗,从子胥、申徒以毕其志也。"洪兴祖认为此篇是写小人当道,君子心忧,所以假托游天地,来发泄愤懑,最终自沉汨罗江。汪瑗《楚辞集解》说:"此篇因秋夜愁不能寐,感回风之起,凋伤万物,而兰茝独芳,有似乎古之君子遭乱世而不变其操者,遂托为远游访古之辞,以发泄其愤懑之情。然而遍游天地之间,愈求而愈远,其同志者终不可得一遇焉,故心思之沉抑而竟不能已也。其辞旨略与后《远游》篇一二相类,然观篇末'骤谏君而不听,任重石之何益'二言,又足以征屈子之实未尝投水而死也明矣。"屈原因为在秋夜里忧愁苦闷不能入睡,想到秋风起,万物凋零,而兰草还在独自散发芬芳气息,就像古时候的君子遭遇乱世却不改变高洁的志向,于是假托远游访古之辞来发泄心中的愤懑。但是即使在天地之间遨游,也没有遇到一个志同道合的人,屈原心中压抑痛苦,不能自已。汪瑗因诗中有"骤谏君而不听兮,任重石之何益"两句,所以认为屈原并不是投水而死。实际上屈原的这两句话,并不能证明屈原不是投水而死,却可以证明屈原在写作《悲回风》的时候,并没有到非蹈水不可的程度。屈原在他的诗作中,多次提到要效法殷贤人彭咸蹈水而死,这说明屈原下定蹈水的决心有个漫长的过程。而《悲回风》中这两句,就是他在思考蹈水是否有意义的

155

问题。正如游国恩先生所说，诗中有"岁曶曶其若颓兮，时亦冉冉而将至。蘦蓁槁而节离兮，芳以歇而不比"几句，说明"屈原此时似已将近衰老之年"（《屈原作品介绍》）。

《悲回风》诗开篇曰："悲回风之摇蕙兮，心冤结而内伤。"这个可以看作是这首诗的基本主线。"物有微而陨性兮，声有隐而先倡"至"眇远志之所及兮，怜浮云之相羊"一段，以悲愁起始，诗人悲悯疾风摇落蕙草，内心忧伤愁思郁结。以秋气萧索、回风震荡引起自然生机被扼杀的感慨，联想到谗人得势、贤者被疏远的现实。蕙草微小而丧失性命，风声隐匿无形而能发出声响。在这样的季节里，鸟兽鸣叫召唤着同类，荣草、枯草不能一起散发出芳香。苦菜和甘荠不能在同一块田地里生长，兰花、芷草在幽僻的地方独自散发芬芳。君子就如兰芷一样被疏远，志向远大、心比天高的人啊，心儿只能像浮云一样游荡无依。所以，诗人只有"介眇志之所惑兮，窃赋诗之所明"，通过自写诗篇来表明心志。

屈原难以忘怀放逐生活中的愁苦忧伤，"惟佳人之独怀兮，折若椒以自处"至"伤太息之愍怜兮，气于邑而不可止"一段写诗人在漫漫长夜，泣涕泪流，哀愁萦绕不去。"岁曶曶其若颓兮，时亦冉冉而将至"至"孰能思而不隐兮，照彭咸之所闻"一段写岁月将近，孤立无援，诗人又一次想到了彭咸。

《悲回风》在抒情之中，连续多个句子用了双声、叠韵、联绵字，通过音节的重复，来表现他对人世的眷恋，"登石峦以远望兮，路眇眇之默默""愁郁郁之无快兮，居戚戚而不可解""穆眇眇之无垠兮，莽芒芒之无仪""薠蔓蔓之不可量兮，缥绵绵之不可纤。愁悄悄之常悲兮，翩冥冥之不可娱"，屈原的一切愁苦，都来源于他对生命的不舍，对楚国的不舍。因此，在最后一段，以"曰"开始，此处"曰"应是"乱曰"之省："吾怨往昔之所冀兮，悼来者之愁愁。浮江、淮而

156

入海兮，从子胥而自适。望大河之洲渚兮，悲申徒之抗迹。骤谏君而不听兮，重任石之何益！心绲结而不解兮，思蹇产而不释。""愁愁"是忧惧的样子。屈原在江淮之上，想到了伍子胥，也想到了殷贤人申徒狄，他们与彭咸一样，都是重臣，都是因劝谏而得罪，最终都是蹈水而死。君主并没有因为他们的死而有所悔悟。所以，屈原怀疑蹈水而亡，可能并不能改变楚国的现实，因此心中愁绪不解，难以释怀。

《悲回风》由物及人，眼见美好的事物在秋风中遭受暴力摧残，内心伤感，诗中充满着悲伤与绝望的独白。但《悲回风》写景色又极尽奇丽奇幻，诗人在天地之间遨游，带着读者的情绪也忽上忽下，起伏不定。而"岁曶曶""时冉冉""路眇眇""愁郁郁"等联绵词酝酿出的强烈的韵律感，营造了一种人生的缥缈虚幻感。情与景谐，情与境谐。

远　游

屈原

悲时俗之迫厄兮，^①愿轻举而远游。^②
质菲薄而无因兮，^③焉托乘而上浮。^④

遭沉浊而污秽兮，独郁结其谁语！^⑤
夜耿耿而不寐兮，^⑥魂茕茕而至曙。

惟天地之无穷兮，哀人生之长勤。^⑦
往者余弗及兮，来者吾不闻。

步徙倚而遥思兮，[8] 怊惝怳而乖怀。[9]
意荒忽而流荡兮，[10] 心愁凄而增悲。[11]

神倏忽而不反兮，[12] 形枯槁而独留。[13]
内惟省以端操兮，[14] 求正气之所由。

漠虚静以恬愉兮，[15] 澹无为而自得。
闻赤松之清尘兮，[16] 愿承风乎遗则。[17]

贵真人之休德兮，[18] 美往世之登仙。[19]
与化去而不见兮，[20] 名声著而日延。

奇傅说之托辰星兮，[21] 羡韩众之得一。[22]
形穆穆以浸远兮，[23] 离人群而遁逸。

因气变而遂曾举兮，[24] 忽神奔而鬼怪。[25]
时髣髴以遥见兮，精皎皎以往来。[26]

绝氛埃而淑尤兮，[27] 终不反其故都。
免众患而不惧兮，世莫知其所如。[28]

恐天时之代序兮，[29] 耀灵晔而西征。[30]
微霜降而下沦兮，悼芳草之先零。
聊仿佯而逍遥兮，[31] 永历年而无成。[32]
谁可与玩斯遗芳兮，[33] 晨向风而舒情。

高阳邈以远兮，[34] 余将焉所程。[35]

重曰：[36]
春秋忽其不淹兮，[37] 奚久留此故居？
轩辕不可攀援兮，[38] 吾将从王乔而娱戏！[39]
餐六气而饮沆瀣兮，[40] 漱正阳而含朝霞。[41]
保神明之清澄兮，[42] 精气入而粗秽除。[43]

顺凯风以从游兮，[44] 至南巢而壹息。[45]
见王子而宿之兮，[46] 审壹气之和德。[47]
曰："道可受兮，[48] 不可传[49]；
其小无内兮，[50] 其大无垠；
无滑而魂兮，(51) 彼将自然；
壹气孔神兮，(52) 于中夜存；
虚以待之兮，(53) 无为之先；(54)
庶类以成兮，此德之门。"

闻至贵而遂徂兮，(55) 忽乎吾将行。
仍羽人于丹丘兮，(56) 留不死之旧乡。

朝濯发于汤谷兮，(57) 夕晞余身兮九阳。(58)
吸飞泉之微液兮，怀琬琰之华英。(59)

玉色頩以脕颜兮，(60) 精醇粹而始壮。(61)
质销铄以汋约兮，(62) 神要眇以淫放。(63)

嘉南州之炎德兮，^㉔丽桂树之冬荣。^㉕
山萧条而无兽兮，野寂漠而无人。
载营魄而登霞兮，^㉖掩浮云而上征。

命天阍其开关兮，^㉗排阊阖而望予。^㉘
召丰隆使先导兮，^㉙问大微之所居。^㉚
集重阳入帝宫兮，^㉛造旬始而观清都。^㉜
朝发轫于太仪兮，^㉝夕始临乎于微闾。^㉞

屯余车之万乘兮，^㉟纷溶与而并驰。^㊱
驾八龙之婉婉兮，载云旗之逶蛇。

建雄虹之采旄兮，^㊲五色杂而炫耀。^㊳
服偃蹇以低昂兮，^㊴骖连蜷以骄骜。^㊵

骑胶葛以杂乱兮，^㊶斑漫衍而方行。^㊷
撰余辔而正策兮，吾将过乎句芒。^㊸

历太皓以右转兮，^㊹前飞廉以启路。^㊺
阳杲杲其未光兮，^㊻凌天地以径度。

风伯为余先驱兮，氛埃辟而清凉。
凤凰翼其承旗兮，遇蓐收乎西皇。^㊼

擎彗星以为旍兮，^㊽举斗柄以为麾。^㊾
叛陆离其上下兮，^㊿游惊雾之流波。^{㊿+}

时暧曃其曭莽兮，^{⑨²}召玄武而奔属。^{⑨³}
后文昌使掌行兮，^{⑨⁴}选署众神以并毂。^{⑨⁵}

路曼曼其修远兮，徐弭节而高厉。
左雨师使径侍兮，^{⑨⁶}右雷公以为卫。

欲度世以忘归兮，^{⑨⁷}意恣睢以担挢。^{⑨⁸}
内欣欣而自美兮，^{⑨⁹}聊媮娱以自乐。

涉青云以泛滥游兮，^{⑩⁰}忽临睨夫旧乡。^{⑩¹}
仆夫怀余心悲兮，^{⑩²}边马顾而不行。

思旧故以想象兮，长太息而掩涕。
泛容与而遐举兮，^{⑩³}聊抑志而自弭。^{⑩⁴}

指炎神而直驰兮，^{⑩⁵}吾将往乎南疑。^{⑩⁶}
览方外之荒忽兮，^{⑩⁷}沛罔象而自浮。^{⑩⁸}

祝融戒而还衡兮，^{⑩⁹}腾告鸾鸟迎宓妃。
张《咸池》奏《承云》兮，^{⑩⑩}二女御《九韶》歌。^{⑪¹}
使湘灵鼓瑟兮，^{⑪²}令海若舞冯夷。^{⑪³}
玄螭虫象并出进兮，^{⑪⁴}形蟉虬而逶蛇。^{⑪⁵}
雌蜺便娟以增挠兮，^{⑪⁶}鸾鸟轩翥而翔飞。^{⑪⁷}
音乐博衍无终极兮，^{⑪⁸}焉乃逝以徘徊。

161

舒并节以驰骛兮,^⑭逴绝垠乎寒门。^⑳
轶迅风于清源兮,^㉑从颛顼乎增冰。^㉒

历玄冥以邪径兮,^㉓乘间维以反顾。^㉔
召黔嬴而见之兮,^㉕为余先乎平路。

经营四荒兮,^㉖周流六漠。^㉗
上至列缺兮,^㉘降望大壑。^㉙

下峥嵘而无地兮,^㉚上寥廓而无天。^㉛
视倏忽而无见兮,听惝恍而无闻。
超无为以至清兮,^㉜与泰初而为邻。^㉝

【注释】

① 时俗:当时的风俗习惯和社会风气。迫厄:困窘不安,无立身之地。

② 轻举:轻身高飞。

③ 质:气质、资质。菲薄:鄙陋、浅薄。无因:无所凭借。

④ 托乘:依托、乘载。

⑤ 郁结:忧郁苦闷在心中滞结。谁语:即语谁,告诉谁。

⑥ 耿耿:心中不安的样子。

⑦ 勤:辛劳,劳倦,忧患。

⑧ 徙倚:徘徊不前的样子。遥思:思绪悠远。

⑨ 怊(chāo,音抄):失意怅惘的样子。惝恍(chǎnghuǎng,音厂谎):心神不安的样子。乖怀:心烦意乱。

⑩ 荒忽:即恍惚,神志不清,思绪不定的样子。流荡:流动不居,

162

无所依托。

⑪ 愁凄：愁闷、凄楚。

⑫ 倏（shū，音叔）忽：极快的样子。

⑬ 枯槁（gǎo，音搞）：形容人的身体憔悴瘦损。

⑭ 惟省：思考。端操：端正操守。

⑮ 虚静：不为外物所扰，内心平和。恬愉：恬静愉快。

⑯ 赤松：古神话传说中的仙人。清尘：清静无为，超凡脱俗的境界。

⑰ 承：秉承。风：教化。遗则：遗留的法则。

⑱ 贵：以之为贵，珍视、珍惜。真人：道家称得道者。休：美。

⑲ 美：以之为美，赞美。往世：过去。登仙：成仙，这里指成仙者。

⑳ 化去：谓飞升成仙。

㉑ 奇：以之为奇，惊奇。傅说：传说中殷王武丁的贤相，死后托化为星辰。托：化为。

㉒ 韩众：传说中的古代仙人。一：道家以“一”为天地万物之本，是最纯粹的道。

㉓ 穆穆：沉静安详的样子。浸远：渐行渐远。

㉔ 气变：道家所指的真气的变化。曾举：高飞。

㉕ 神奔：如神之奔，形容仙人变化往来之快。鬼怪：形容神出鬼没，让人惊叹。

㉖ 精：精魂。皎皎：明亮的样子。

㉗ 绝：超越。氛埃：尘世。氛，浊气。淑尤：高蹈而避害，化凶为吉。

㉘ 所如：所往。

㉙ 天时：春秋交迭，岁月更替。代序：时序相替。

㉚ 耀灵：太阳。晔（yè，音夜）：闪耀。征：行。

㉛ 聊：暂且。仿佯（pángyáng，音旁羊）：游荡。逍遥：无拘无束

的样子。

㉜永历年：经历了多年，年复一年。永，长久。历，经历、经过。

㉝玩：欣赏。遗芳：遗留的芳泽，指上文凋零的芳草。

㉞高阳：古帝颛顼。邈：遥远。

㉟焉所程：即何所取法。程，法式、取法。

㊱重曰：申说未尽，再次诉说。

㊲春秋：岁月。淹：久留。

㊳轩辕：即黄帝。攀援：攀附、跟随。

㊴王乔：即王子乔，传说中的古仙人。

㊵餐：食用。六气：天地四时之气。沆瀣（hàngxiè，音巷泻）：夜间的水气，即清露。

㊶正阳：日中之气。含：含在口里。

㊷神明：人的精神。

㊸精气：即上文所说的六气。粗秽：混浊之气。粗，杂而不纯。

㊹凯风：南风。

㊺南巢：南方凤鸟栖居的地方。壹息：稍事休息。

㊻王子：即王子乔。宿：留宿休息。

㊼审：究问、探求。壹气：精纯之气。和德：中和之妙。

㊽曰：即王子所言。受：用心体会获得。

㊾传：用言语传授。

㊿其小无内：小到极点，没有内部可以分离。

(51)滑（gǔ，音古）：乱。

(52)孔：甚，非常。神：奇妙。

(53)虚以待之：应以虚静对待万物，任凭万物自生自灭。

(54)无为之先：顺应自然，不作无用之功。

(55)至贵：这里指最珍贵的语言，神妙之言。徂：往、去，这里指远游。

⑤⑥仍：就，依。羽人：传说中的飞仙。丹丘：昼夜长明之地，传说中神仙居住的地方。

⑤⑦濯（zhuó，音镯）：洗。汤谷：日所出之所。

⑤⑧晞（xī，音希）：晒干。九阳：传说中的日出之处。

⑤⑨琬琰（wǎnyǎn，音晚演）：美玉。华英：精华。

⑥⑩玉色：指容貌温润如玉。頩（pīng，音乓）：面色光泽艳美。腕（wàn，音万）：光泽、鲜艳。

⑥①精：精气。醇粹：厚重纯粹。

⑥②销铄（shuò，音烁）：因久病消瘦，这里指脱胎换骨，身体变得轻便，即将飞升。沟（chuò，音辍）约：姿态柔媚貌。这里指身体因要远游而变得轻盈柔弱。

⑥③神：精神。要眇：幽远的样子。淫放：这里指精神的彻底解脱。

⑥④嘉：赞美。南州：南方之地。炎德：南方气温高，属火，其德为炎。

⑥⑤丽：以之为美，赞美。冬荣：草木冬季茂盛或开花。

⑥⑥营魄：魂魄。

⑥⑦天阍（hūn，音昏）：天门的守门者。阍，守门人。

⑥⑧阊阖（chānghé，音昌合）：天门。

⑥⑨丰隆：神话传说中的云神。

⑦⑩大微：星名，在北斗之南，轸宿和翼宿之北，是传说中天帝的居所。

⑦①集：到。重阳：指天。

⑦②造：到，至。旬始：星名。清都：天帝的居所。

⑦③发轫（rèn，音任）：撤去支轮的木头，使车开动，即发车。轫，刹车的支轮木。太仪：天帝的宫廷。

㉗ 临：到达。于微间：东方的玉山。

㉘ 屯：聚集。万乘：四马拉一车为一乘，万乘即一万辆兵车。这里形容车马之多。

㉙ 纷：形容车马众多的样子。溶与：车水马龙之义。

㉚ 建：树立。雄虹：彩虹。古人以虹为雄，以霓为雌。旄：以牦牛尾作装饰的旗子。

㉛ 炫耀：光彩闪耀。

㉜ 服：四马驾车，中间的两马称为服。偃蹇（yǎnjiǎn，音演简）：回环屈曲的样子。低昂：高低俯仰。

㉝ 骖（cān，音餐）：四马拉车，旁边的两马称为骖。连蜷（quán，音全）：马蹄屈伸的样子。骄骜（ào，音傲）：形容马恣意奔驰的样子。

㉞ 骑：总指车马。胶葛：交错纷乱貌。此处指车马喧杂的样子。

㉟ 斑：杂色的花纹或斑点，这里形容车马之多。漫衍：绵延伸展，连绵不断的样子。方行：并行。

㊱ 句（gōu，音勾）芒：东方木官之神。

㊲ 太皓：传说中的古帝王。

㊳ 飞廉：神话中的风神。

㊴ 杲杲（gǎo，音搞）：日出时明亮的样子。

㊵ 蓐（rù，音入）收：西方之神，少暤之子。西皇：西方之帝，少暤。

㊶ 擥（lǎn，音揽）：执持、引援。彗星：绕太阳旋转的一种星体，通常在背着太阳的一面拖着一条扫帚形长尾，又叫扫帚星。旍（jīng，音荆）：即"旌"字。

㊷ 斗柄：北斗之柄。麾（huī，音灰）：古代作战时指挥用的旗子。

㊸ 叛陆离：形容各种旗子参差纷杂的样子。叛，分散。陆离，错综的样子。上下：形容旗子在风中上下飘舞。

㊹ 惊雾：浮动的雾气。

166

㉒ 时：日光。暧曃（àidài，音爱戴）：日光昏暗不明的样子。曈（tǎng，音躺）莽：曚昽不清的样子。

㉓ 玄武：二十八宿中北方七宿的总称。属：跟随。

㉔ 文昌：星名，在紫微宫，由六颗星组成，如筐形。掌行：负责掌管行路的事宜。

㉕ 选署：挑选部署。并毂（gǔ，音古）：车辆并行。毂，车轮中心可以插轴的部分，这里指车。

㉖ 径侍：直接侍奉。

㉗ 度世：远离尘世而登仙。

㉘ 恣睢：自在任意，无拘无束。担挢（jiǎo，音角）：高举。

㉙ 欣欣：喜悦。自美：自得其乐。

⑩ 泛滥游：到处漫游而无定所。

⑪ 临睨（nǐ，音你）：俯视。

⑫ 仆夫：随从的人。怀：伤感哀怜。

⑬ 泛容与：任意徘徊。泛，任意、四处。遐举：高升而远游。遐，远。举，升。

⑭ 抑志：控制自己的情绪。自弭：自我安抚调剂。弭，安抚。

⑮ 炎神：南方之神，即古神话传说中的火神祝融。

⑯ 南疑：即九嶷山。

⑰ 方外：世俗之外。荒忽：荒远渺茫，遥远貌。

⑱ 沛：水流动的样子。罔象：即汪洋，水盛貌。

⑲ 祝融：传说中帝喾时掌火的官，死后为火神。戒：告诫。还衡：调转车的方向。衡，车前的横木，这里指车。

⑩ 张：陈设。《咸池》《承云》：都为古代乐曲名。

⑪ 二女：传说中尧的两个女儿，娥皇和女英。御：侍。《九韶》：舜时的乐曲。

⑫ 湘灵：泛指湘水之神。

⑬ 海若：神话传说中的海神。冯夷：水神。

⑭ 玄：黑色。螭（chī，音吃）：神话中的无角龙。虫：这里泛指水中的虫子。象：罔象，水中的神兽。

⑮ 蟉虬（liúqiú，音流求）：盘曲的样子。逶蛇（wēiyí，音危夷）：弯弯曲曲延续不断的样子。

⑯ 便娟：形容体态轻盈美丽。增挠：指虹霓高起弯曲。

⑰ 轩翥（xuānzhù，音宣注）：高飞。轩，举。翥，飞。

⑱ 博衍：博大繁盛，指音乐延续不绝。博，广大。衍，盛多。

⑲ 舒并节：放开统一的节律，而任意奔驰。驰骛：奔走、奔竞。

⑳ 逴（chuō，音戳）：远。绝垠：天的边际，极远的地方。寒门：北极之门。

㉑ 轶：后面的车超过前面的，这里泛指超越。迅风：疾风。清源：古代指八方风所出之源。

㉒ 颛顼（zhuānxū，音专需）：北方之帝。增：通"层"。

㉓ 玄冥：北方之神。邪径：间道，不正的行径。

㉔ 间维：两维之间。维，古人给天拟定的度数。这里指天。

㉕ 黔赢：神话传说中的造化之神。

㉖ 经营：往来周旋。四荒：四方荒远之地。

㉗ 周流：遍游。六漠：六合，天地四方。

㉘ 列缺：天的缝隙。古人以为闪电来自天的缝隙，因此也以列缺为闪电的代称。

㉙ 大壑：大海。

㉚ 峥嵘（zhēngróng，音争荣）：深远的样子。无地：极其深邃而没有下的界限。

㉛ 寥廓：空旷广阔的样子。

⑬ 超：上达。至清：道家术语，指虚静清明的境界。

⑬ 泰初：即太初。道家指形成天地万物的元气。

【评析】

屈原正道直行，不被世俗所容，晚年遭谗，被顷襄王流放。去国怀乡，无所依托，只好以神仙之说聊以自慰，抒发胸怀，排遣苦闷，此即"远游"之意。《远游》之名，取自于篇首句"悲时俗之迫厄兮，愿轻举而远游"二句。

关于《远游》的作者，王逸在《楚辞章句》中说："《远游》者，屈原之所作也。屈原履方直之行，不容于世。……思欲济世，则意中愤然，文采秀发，遂叙妙思，托配仙人，与俱游戏，周历天地，无所不到。"王逸认为《远游》是屈原的作品。屈原因为方端正直，不见容于俗世，既被小人诋毁，又被俗人困扰，只能独自在山泽间彷徨徘徊，无人倾诉。屈原虽然有拯救社会的想法，但是心中又多有愤懑，所以用文章写下自己的奇妙思想。文章中，屈原和仙人一样，周游天地，但是他仍然怀念、思慕祖国，这就使得屈原忠信和仁义的品格更加突出。朱熹、汪瑗、王夫之、蒋骥等学者多从其说。但清人胡濬源《楚辞新注求确》则提出："屈子一书，虽及周流四荒，乘云上天，皆设想寓言，并无一句说神仙事。虽《天问》博引荒唐，亦不少及之。'白蜺婴茀'，后人虽援《列仙传》以注，于本文实不明确，何《远游》一篇，杂引王乔、赤松且及秦始皇时之方士韩众，则明系汉人所作。可知旧列为原作，非是。"胡濬源主张《远游》并非屈原作品，而为汉人所做，其依据有二：一是《远游》的神仙思想与屈原的思想不同，二是《远游》中提到的王乔、赤松、韩众等人，在屈原之后。吴汝纶《古文辞类纂评点》云："此篇殆后人仿《大人赋》托为之，其文体格平缓，不类屈子。"吴汝纶认为《远游》是模拟司马相如《大人赋》的作品，赋产生于汉代，因此，《远游》应是司马相如以后的作品。细考《远游》《离骚》，二者之往观四方、乘风上征的旨意是相同的，其中那些描写上天入地、朝此夕彼、东西南北的经历的句子，句法上也大概相似。另据近年出土文献，赋兴盛于战国，同时，神仙思想也在战国多有。《史记·秦始皇本纪》有方士"韩终"，洪兴祖《楚辞补注》引《列仙传》有药仙"韩终"，晋葛洪《神仙传》、李白《古风》都写为"韩众"。《远游》作为屈原的作品，应该是毋庸置疑的。

诗之首句"悲时俗之迫厄兮，愿轻举而远游"，交代了远游的原因是时俗使人困厄、悲伤，于是想飞升去远处周游。他希望能"内惟省以端操兮，求正气之所由"，这是他悲愤的追求和坚定的信念。诗人哀叹人生愁苦艰辛，希望能有清虚恬静、安然自乐的生活，意识到古时人得道成仙、飘举远游免受俗尘困扰的情况是最为理想的。于是他以赤松子、傅说、韩众等仙人作为追慕的对象，"贵真人之休德兮，美往世之登仙"，想秉承得道之人的美德，并羡慕他们能得道升天。他想着形体寂静远远地离去，离开人群而避世隐逸，但其内心又在隐隐作痛，他心中难忘故土，也忘不了世俗社会。诗人想远游却又割舍不下现实，这矛盾的感情表露无遗。诗人跟随王子乔的脚步，向王子乔请教，得到了"道"的秘诀。听了王子乔的至理名言后，诗人吸取天之精气，神旺体健，然后开始远游。他先乘云上天，进入天宫之门，游览清都等天帝的宫殿。接着他游历了天上的东方与西方，拜会了东方天帝太皓和西方之神蓐收，此时的他似乎享受到得道成仙的乐趣。可是不经意间从高空俯瞰，瞥见故乡，心中不禁隐隐作痛。不顾那痛苦，他决意继续游历南方和北方。南方之神祝融和北方之神颛顼，都让他深受教益。南方的鸾迎宓妃、湘灵鼓瑟，以及北方的冰积寒冷让他有了更深的体验。他就这样从东到西，又从南到北，然后又经营四荒、周流六漠，最后见天地之无穷，终于"与泰初而为邻"。这一番游历声势磅礴，场面阔大，诗人的精神在远游中得以升华，愁思在四处遨游中得以排解。

《远游》一诗从远游的原因写到为远游所做的准备，再到神游于六合直至无穷，始终不离远游的主题。《远游》以游仙寄予精神，思想能在诗人创造的空间和时间内驰骋，这开阔的思路为后世游仙诗带来了启蒙意义，是中国古代游仙文学的源头。

卜　居

屈原

　　屈原既放，① 三年不得复见。竭知尽忠，② 而蔽鄣于谗，③ 心烦虑乱，不知所从。乃往见太卜郑詹尹曰：④ "余有所疑，愿因先生决之。⑤" 詹尹乃端策拂龟曰：⑥ "君将何以教之？"

　　屈原曰："吾宁悃悃款款，⑦ 朴以忠乎？⑧ 将送往劳来，⑨ 斯无穷乎？宁诛锄草茅，以力耕乎？将游大人，⑩ 以成名乎？宁正言不讳，以危身乎？⑪ 将从俗富贵，以媮生乎？⑫ 宁超然高举，⑬ 以保真乎？⑭ 将哫訾栗斯，⑮ 喔咿儒儿，⑯ 以事妇人乎？宁廉洁正直，以自清乎？将突梯滑稽，⑰ 如脂如韦，⑱ 以洁楹乎？⑲ 宁昂昂若千里之驹乎？⑳ 将泛泛若水中之凫乎？㉑ 与波上下，偷以全吾躯乎？宁与骐骥亢轭乎？㉒ 将随驽马之迹乎？宁与黄鹄比翼乎？㉓ 将与鸡鹜争食乎？㉔ 此孰吉孰凶？何去何从？世溷浊而不清：蝉翼为重，千钧为轻；㉕

黄钟毁弃，^㉖瓦釜雷鸣；^㉗谗人高张，贤士无名。吁嗟默默兮，^㉘谁知吾之廉贞？"

詹尹乃释策而谢曰：^㉙"夫尺有所短，寸有所长。物有所不足，智有所不明。数有所不逮，^㉚神有所不通。用君之心，行君之意。龟策诚不能知事。"

【注释】

① 放：放逐，驱逐。

② 竭知：竭尽才智。

③ 蔽鄣：被蒙蔽。

④ 太卜：掌卜筮之官。郑詹尹：卜者姓名。

⑤ 因：依靠，凭借。决：决断，决定。

⑥ 端：端正。策：占卜用的蓍草。龟：龟甲。

⑦ 悃悃（kǔn，音捆）：朴质的样子。款款：忠诚的意思。

⑧ 朴以忠：犹言朴素正直。朴，质朴。

⑨ 送往劳来：犹言迎来送往，此处指奔走周旋以媚世。

⑩ 游大人：与贵戚、权要之人交游。

⑪ 危身：谓危及其身。

⑫ 媮（yú，音愉）：同"愉"，乐，安享。

⑬ 高举：犹言远去。

⑭ 保真：保持自己正直的本性。

⑮ 呫訾（zúzǐ，音足资）：善于察言观色、奉承阿谀的样子。栗斯：献媚之态。

⑯ 喔咿儒儿：强颜欢笑的样子。

⑰ 突梯滑（gǔ，音股）稽：态度圆滑，口齿伶俐，形容善于迎合世俗的好恶。

⑱ 如脂如韦：光滑如油脂，柔软如熟牛皮。形容善于应付环境，随机应变。脂，油脂。韦，熟牛皮。

⑲ 洯：通"絜"，测量圆形叫絜。楹：屋的柱子。

⑳ 昂昂：出群的样子。驹：小马。

㉑ 泛泛：漂浮的样子。凫：水鸟，俗称"野鸭"。

㉒ 亢轭（è，音饿）：谓齐驱并驾。轭，辕前套住马的部分。

㉓ 黄鹄：天鹅。比翼：并飞。

㉔ 鹜：鸭。

㉕ 钧：三十斤为一钧。

㉖ 黄钟：乐器名，多为庙堂所用。

㉗ 瓦釜：瓦锅，喻平庸之人。

㉘ 默默：不得意的样子。

㉙ 释：舍，放下。谢：辞谢，道歉。

㉚ 数：这里指算计，计算。逮：及，到。

【评析】

对于"卜居"的意思，王逸《楚辞章句》曰："屈原履忠贞之性，而见嫉妒。念谗佞之臣，承君顺非，而蒙富贵，己执忠正而身放弃，心迷意惑，不知所为。乃往至太卜之家，稽问神明，决之蓍龟，卜己居世何所宜行，冀闻异策，以定嫌疑。故曰《卜居》也。"汤炳正《楚辞今注》说："屈原被顷襄王流放已逾三年，对于楚国谗佞得意、忠贤遭祸的现实愈益愤懑，因而假设问答，将批评与赞颂的思想、行事并列提出，对自己的处世原则进行了重新的评估与审视。由于问答的对立面是占卜之官，因而取名'卜居'。"卜，就是占卜、问卦，以卜决疑。居，处世的方法和态度。卜居的意思就是说，通过问卦来决定自己在现实生活中的态度，解决如何面对这个世界的问题。

关于本篇作者，王逸说道："《卜居》者，屈原之所作也。"据王逸所言，《卜居》是屈原的作品。清代学者崔述开始怀疑《卜居》的作者，认为乃后世学者"假托成文"。郭沫若在《屈原赋今译》中推论说："可能是深知屈原生活和思想的楚人的作品。"《卜居》《渔父》二文，是屈原记录自己与他人对话的作品，其风格类似于宋玉《高唐对》这样的"对问体"，是宋玉等《高唐赋》《登徒子好色赋》所效法的范本。

《卜居》虽有韵律可寻，但它是一篇散文，不再是诗，这与下篇《渔父》是一样的题材。许多人认为，《卜居》《渔父》这类文章的出现，恰好是楚辞到赋体作品的过渡。诗中提出十几个问题来卜问处世之法则，这些问句中无不透露着屈原对黑暗现实的激愤之情，显露着他对真善美的追求以及对丑恶的弃绝，也还有着他对人生的选择以及抉择之后的痛苦心情。文章用宾客问答的方法，在问答之间探讨出富有哲理的结论。

本篇开篇先是交代了屈原已经遭到放逐，三年没有见到楚王。他竭尽智慧与忠诚，却因小人的谗言而受到冤屈。他内心忧烦，不知如何是好，于是就去拜访太卜郑詹尹，问卜是古人常用的解决问题的方法。虽不知郑詹尹是否确有其人，但屈原去找的是"太卜"，而非一般的占卜之人，可见屈原要询问的也不是自己的祸福得失，而是关系国家命运之事。屈原他"有所疑，愿因先生决之"，他所疑惑的是如何在那个世道生存的问题，一系列的问题问出了他关于人生的思考，也是关于家国命运的思索。他问是应该诚恳勤勉呢，还是应该无休止地应酬、周旋？应该锄草铲田聊度此生，还是应该游说权贵求取功名呢？应该直谏忠言奋不顾身呢，还是应该追求富贵而偷生？应该保持超然物外的真性情，还是应该像媚妇一样去奴颜婢膝？应该廉洁自好呢，还是应该圆滑世故，如油脂一样滑腻，如牛皮一般柔能缠柱？应该气宇轩昂如同千里马，还是该浮游不定如水中野鸭为保全性命而随波逐流呢？应该与骏马并驾齐驱，还是该跟劣马亦步亦趋呢？应该与黄鹄比翼齐飞，还是该和鸡鸭争食？这些事情哪个吉利，哪个凶险？哪些可以做，哪些不能做呢？这世道浑浊，是非不清，单薄的蝉翼被认为很重，千钧之物被认为太轻；洪亮的黄钟被毁坏抛弃，鄙陋的瓦釜却被当作乐器雷鸣震天；谗佞的小人嚣张跋扈，贤能的人却默默无名。

这是一段铿锵有力的质问，与其说是向神明提问，倒不如说是满怀情感地陈述己见。他以"宁……将……"的疑问句式，问的是关乎安身立命的大事，问的是报效国家的途径，问的是民族存亡的根本问题。当他问罢这伤心的话语，情感已经不能自制。他说"吁嗟默默兮，谁知吾之廉贞"，这是多么无奈的一句话。这时已经摆好占卜用的蓍草，拂拭过灵龟的郑詹尹放下了筹策，辞谢说"尺有所短，寸有所长。物有所不足，智有所不明"，卦数有时候也会算不准，神灵的法力也有不至之处。他只有让屈原随着自己的心意，因为龟卜蓍占实在是不能料知那些事情的。

如果说屈原去问卜，是因为他内心仍旧纠结，这一番问答之后，他或许能更为了然自己的内心。屈原其他作品中都反复地出现一个主题：那就是他不会屈从世俗，与小人们同流合污，即使内心有着不被理解的痛楚，他也要坚守内心的高洁。这是他反复重申并为世人赞扬至今的高尚品德。

渔　父

屈原

　　屈原既放，游于江潭，^① 行吟泽畔，^② 颜色憔悴，^③ 形容枯槁。^④ 渔父见而问之曰：^⑤"子非三闾大夫与？^⑥ 何故至于斯？"屈原曰："举世皆浊我独清，^⑦ 众人皆醉我独醒，是以见放。^⑧"渔父曰："圣人不凝滞于物，^⑨ 而能与世推移。世人皆浊，何不淈其泥而扬其波？^⑩ 众人皆醉，何不铺其糟而歠其醨？^⑪ 何故深思高举，自令放为？"屈原曰："吾闻之，新沐者必弹冠，^⑫ 新浴者必振衣。^⑬ 安能以身之察察，^⑭ 受物之汶汶者乎？^⑮ 宁赴湘流，葬于江鱼之腹中。安能以皓皓之白，^⑯ 而蒙世俗之尘埃乎？^⑰"渔父莞尔而笑，^⑱ 鼓枻而去。^⑲ 歌曰："沧浪之水清兮，^⑳ 可以濯吾缨；^㉑ 沧浪之水浊兮，可以濯吾足。"遂去，不复与言。

【注释】

　　① 江潭：泛指沅、湘之间。潭，水之深处。

　　② 行吟：边走边吟。

　　③ 颜色：脸色。憔悴：困顿萎靡的样子。

　　④ 形容：身体和容貌。

　　⑤ 渔父（fǔ）：渔翁。

　　⑥ 子：古代对男子的尊称。三闾大夫：旧说以为掌楚国宗室教育等项之官，钱穆认为乃邑大夫。

　　⑦ 举：全，皆，都。

⑧ 是以：因此。见：被。

⑨ 圣人：有最高智慧的人。凝滞：拘泥。

⑩ 淈（gǔ，音古）：意为搅浑。扬其波：指推波助澜。

⑪ 铺（bǔ，音补）：意为食用。糟：酒渣。歠（chuò，音辍）：饮。醨（lí，音离）：薄酒。

⑫ 沐：洗头。弹冠：拍打帽子去掉灰尘。

⑬ 浴：洗澡。振衣：抖掉衣服上的灰尘。

⑭ 安能：怎么能。察察：洁白的样子。

⑮ 汶汶（mén，音门）：污浊的样子，蒙受尘垢的样子。

⑯ 皓皓：洁白，比喻品质高尚纯洁。

⑰ 蒙：遭受，蒙受。

⑱ 莞尔：微笑的样子。

⑲ 鼓：叩动、敲击。枻（yì，音亦）：船舷。

⑳ 沧浪：水名。

㉑ 濯（zhuó，音灼）：洗。缨：帽子上的带子。

【评析】

渔父，即渔翁，以隐士自居，逍遥自在，忘情于山水，俨然是一位隐匿于山水间的哲人。

关于《渔父》的作者，存有争论。王逸《楚辞章句》说："《渔父》者，屈原之所作也。"仍旧断定其为屈原所作，这一论断也成为此后千年间共识，直至明人陈继儒提出"《渔父》一篇却显易不类屈氏"（见蒋之翘《七十二家评楚辞》）。近人陆侃如《屈原评传》断言"《卜居》《渔父》亦必非屈原之所自作"，其一重要依据即王逸为《渔父》作序称"楚人思念屈原，因叙其辞，以相传焉"，因此王逸"也不认为《渔父》为屈原的作品"。陆氏忽视王逸"《渔父》者，屈原之

177

所作也"的直接论断，径直曲解其后文字，实难称作有力证据，《渔父》为屈原所作当无疑义。屈原被放逐后，游荡于江、湘之间，忧愁哀叹，面容憔悴，与渔父相遇后，一问一答，以表白己意。

《渔父》是一篇深富哲思的优美散文，是两个人物演出的情景剧，也是一段关于生存法则的讨论。文中有详细的行为、神态描写，也有睿智机警的话语，后人能从中读到当时的人物悲欢，也能由它展开并领悟自己的人生之思。

屈原在江边游荡独行，他一边行走一边吟哦，面容憔悴，形容枯槁。江边打渔的老人看见他，便问："子非三闾大夫与？何故至于斯？"屈原的这个样子让渔父颇为不解，忧伤的屈原回答说："举世皆浊我独清，众人皆醉我独醒，是以见放。"他之所以被流放至此，是因为世上的人都浑浊，而他是清白的；大家都醉醺醺地立于世，只有他是清醒的。这简短的问答已经勾勒出屈原流放之后，身心俱痛的状况，也交代了屈原流放的原因。渔父劝诫屈原"圣人不凝滞于物，而能与世推移"，即有圣德的人不被事物所束缚，他们会随着世道的改变一起变化推进。他甚至给出了更为具体的建议："世人皆浊，何不淈其泥而扬其波？众人皆醉，何不铺其糟而歠其醨？何故深思高举，自令放为？"既然世上的人都如此浑浊，你何不也搅浑泥水，扬起浊波？既然大家都醉了，你何不也吃酒糟、喝清酒？何苦自己一定要思虑深远、行为高尚，而使自己被放逐于此呢？渔父的劝诫显然并不能改变屈原的意志。

屈原举例说"新沐者必弹冠，新浴者必振衣"，刚洗过头的人一定要掸去帽子上的灰尘，刚洗完澡的人一定要整理一下衣服。怎么能让自己洁净无比的身体沾染上污秽不堪的外物呢？他宁愿跳入湘江，葬身鱼腹，也不会让洁白纯净的身体蒙上世俗的灰尘啊！这些都表明了屈原坚定的信念和保持自我高洁的决心，这些回答也是铿锵有力的。

178

渔父听罢，"莞尔而笑，鼓枻而去"，摇起船桨的他不再与屈原说话，走时还唱着《沧浪歌》："沧浪之水清兮，可以濯吾缨；沧浪之水浊兮，可以濯吾足。"渔父的处世哲学与屈原是不同的，他们的交流也就到此终止。

　　执着的屈原和旷达的渔父在悠悠江畔，进行着精彩的思考与对话。屈原正道直行，而不随波逐流，其忧伤沮丧亦无人能解。而那渔父逍遥于山水之间，早已看遍红尘俗世，恬淡自安、随性自适，他寄情于自然，而乐天知命。渔父劝解屈原要"能与世推移"，他认为屈原应该与世俗同舞，与众人同醉，这样就可以没有苦痛，少了忧烦。

　　屈原坚持操守的形象我们已然十分熟悉，而此篇中的渔父则提供了另一种生存方式。如果屈原多一些渔父的自在，也许就会少一些痛苦，其实屈原并非不知此道理，诚如林云铭《楚辞灯》所说："原非不知和光同尘，可以免于罪，但自惟得此清醒之体，费却许多洗濯工夫，原非易事。若入于浊醉之中，何异新沐浴者复受衣冠垢污，与未沐浴同矣。"也许屈原之所以受人敬仰，就是因其独立不迁的品质吧。

九　辩

宋玉

一

悲哉！秋之为气也。①
萧瑟兮，②草木摇落而变衰。
憭慄兮，③若在远行。
登山临水兮，送将归。

沈寥兮，^④天高而气清。
寂寥兮，^⑤收潦而水清。^⑥
憯凄增欷兮，^⑦薄寒之中人。^⑧
怆怳懭悢兮，^⑨去故而就新。
坎廪兮，^⑩贫士失职而志不平。^⑪
廓落兮，^⑫羁旅而无友生。^⑬
惆怅兮，而私自怜。

燕翩翩其辞归兮，蝉寂漠而无声。
雁廱廱而南游兮，^⑭鹍鸡啁哳而悲鸣。^⑮

独申旦而不寐兮，^⑯哀蟋蟀之宵征。^⑰
时亹亹而过中兮，^⑱蹇淹留而无成。

二

悲忧穷戚兮独处廓，有美一人兮心不绎。^⑲
去乡离家兮徕远客，超逍遥兮今焉薄！^⑳

专思君兮不可化，^㉑君不知兮可奈何！
蓄怨兮积思，心烦憺兮忘食事。^㉒
愿一见兮道余意，君之心兮与余异。
车既驾兮朅而归，^㉓不得见兮心伤悲。

倚结軨兮长太息，^㉔涕潺湲兮下沾轼。^㉕

慷慨绝兮不得，㉖ 中瞀乱兮迷惑。㉗
私自怜兮何极？心怦怦兮谅直。㉘

三

皇天平分四时兮，窃独悲此廪秋。㉙
白露既下百草兮，奄离披此梧楸。㉚
去白日之昭昭兮，㉛ 袭长夜之悠悠。㉜
离芳蔼之方壮兮，㉝ 余萎约而悲愁。㉞

秋既先戒以白露兮，冬又申之以严霜。㉟
收恢台之孟夏兮，㊱ 然欿傺而沉藏。㊲
叶菸邑而无色兮，㊳ 枝烦挐而交横。㊴
颜淫溢而将罢兮，㊵ 柯彷佛而萎黄。㊶
萷櫹槮之可哀兮，㊷ 形销铄而瘀伤。㊸
惟其纷糅而将落兮，㊹ 恨其失时而无当。
擥騑辔而下节兮，㊺ 聊逍遥以相佯。
岁忽忽而遒尽兮，㊻ 恐余寿之弗将。㊼
悼余生之不时兮，逢此世之俇攘。㊽
澹容与而独倚兮，㊾ 蟋蟀鸣此西堂。
心怵惕而震荡兮，㊿ 何所忧之多方。
卬明月而太息兮，(51) 步列星而极明。(52)

四

窃悲夫蕙华之曾敷兮，(53) 纷旖旎乎都房。(54)

何曾华之无实兮，^㊄从风雨而飞飏！^㊅
以为君独服此蕙兮，^㊇羌无以异于众芳。

闵奇思之不通兮，^㊈将去君而高翔。
心闵怜之惨凄兮，愿一见而有明。
重无怨而生离兮，^㊉中结轸而增伤。^㉖
岂不郁陶而思君兮？^㉑君之门以九重！
猛犬狺狺而迎吠兮，^㉒关梁闭而不通。^㉓
皇天淫溢而秋霖兮，^㉔后土何时而得干？
块独守此无泽兮，^㉕仰浮云而永叹！

五

何时俗之工巧兮？^㉖背绳墨而改错！^㉗
却骐骥而不乘兮，^㉘策驽骀而取路。^㉙
当世岂无骐骥兮，诚莫之能善御。^㉚
见执辔者非其人兮，故蹢躅而远去。^㉛
凫雁皆唼夫梁藻兮，^㉜凤愈飘翔而高举。

圜凿而方枘兮，^㉝吾固知其鉏铻而难入。^㉞
众鸟皆有所登栖兮，凤独遑遑而无所集。^㉟

愿衔枚而无言兮，^㊱尝被君之渥洽。^㊲
太公九十乃显荣兮，诚未遇其匹合。

谓骐骥兮安归？谓凤皇兮安栖？

变古易俗兮世衰，今之相者兮举肥。⑱

骐骥伏匿而不见兮，⑲凤皇高飞而不下。
鸟兽犹知怀德兮，何云贤士之不处？⑳

骥不骤进而求服兮，㉑凤亦不贪喂而妄食。㉒
君弃远而不察兮，虽愿忠其焉得？

欲寂漠而绝端兮，㉓窃不敢忘初之厚德。
独悲愁其伤人兮，冯郁郁其何极？㉔

六

霜露惨凄而交下兮，㉕心尚幸其弗济。㉖
霰雪雰糅其增加兮，㉗乃知遭命之将至。㉘
愿徼幸而有待兮，泊莽莽与野草同死。㉙

愿自往而径游兮，路壅绝而不通。㉚
欲循道而平驱兮，又未知其所从。

然中路而迷惑兮，自厌按而学诵。㉛
性愚陋以褊浅兮，㉜信未达乎从容。

窃美申包胥之气盛兮，㉝恐时世之不固。㉞
何时俗之工巧兮？灭规矩而改凿！
独耿介而不随兮，㉟愿慕先圣之遗教。

处浊世而显荣兮，非余心之所乐。
与其无义而有名兮，宁穷处而守高。

食不媮而为饱兮，⑯衣不苟而为温。
窃慕诗人之遗风兮，⑰愿托志乎素餐。⑱
蹇充倔而无端兮，⑲泊莽莽而无垠。
无衣裘以御冬兮，恐溘死不得见乎阳春。

七

靓杪秋之遥夜兮，⑩心缭悷而有哀。⑪
春秋逴逴而日高兮，⑩然惆怅而自悲。
四时递来而卒岁兮，⑩阴阳不可与俪偕。⑭

白日晼晚其将入兮，⑮明月销铄而减毁。
岁忽忽而遒尽兮，⑯老冉冉而愈弛。
心摇悦而日幸兮，然怊怅而无冀。⑰
中憯恻之凄怆兮，⑱长太息而增欷。

年洋洋以日往兮，⑲老嵺廓而无处。⑩
事亹亹而觊进兮，⑪蹇淹留而踌躇。

八

何泛滥之浮云兮？猋廱蔽此明月。⑫
忠昭昭而愿见兮，然霠曀而莫达。⑬

184

愿皓日之显行兮，云蒙蒙而蔽之。
窃不自聊而愿忠兮，⑭或黫点而污之。⑮

尧舜之抗行兮，⑯瞭冥冥而薄天。⑰
何险巇之嫉妒兮？⑱被以不慈之伪名。

彼日月之照明兮，尚黯黮而有瑕。⑲
何况一国之事兮，亦多端而胶加。⑳

被荷裯之晏晏兮，㉑然潢洋而不可带。㉒
既骄美而伐武兮，㉓负左右之耿介。㉔
憎愠惀之修美兮，㉕好夫人之慷慨。
众踥蹀而日进兮，㉖美超远而逾迈。㉗
农夫辍耕而容与兮，㉘恐田野之芜秽。
事绵绵而多私兮，㉙窃悼后之危败。㉚
世雷同而炫曜兮，何毁誉之昧昧！㉛

今修饰而窥镜兮，后尚可以窜藏。㉜
愿寄言夫流星兮，羌倏忽而难当。㉝
卒廱蔽此浮云兮，下暗漠而无光。㉞

九

尧舜皆有所举任兮，㉟故高枕而自适。
谅无怨于天下兮，㊱心焉取此怵惕？㊲

乘骐骥之浏浏兮，^{⑬⑧}驭安用夫强策？^{⑬⑨}
谅城郭之不足恃兮，虽重介之何益？^{⑭⓪}

遭翼翼而无终兮，^{⑭①}忳愍愍而愁约。^{⑭②}
生天地之若过兮，^{⑭③}功不成而无效。

愿沉滞而不见兮，^{⑭④}尚欲布名乎天下。
然潢洋而不遇兮，直怐愗而自苦。^{⑭⑤}

莽洋洋而无极兮，^{⑭⑥}忽翱翔之焉薄？^{⑭⑦}
国有骥而不知乘兮，焉皇皇而更索？^{⑭⑧}

宁戚讴于车下兮，^{⑭⑨}桓公闻而知之。
无伯乐之善相兮，今谁使乎誉之？
罔流涕以聊虑兮，^{⑮⓪}惟著意而得之。
纷纯纯之愿忠兮，^{⑮①}妒被离而鄣之。^{⑮②}

愿赐不肖之躯而别离兮，^{⑮③}放游志乎云中。
乘精气之抟抟兮，^{⑮④}骛诸神之湛湛。^{⑮⑤}
骖白霓之习习兮，^{⑮⑥}历群灵之丰丰。^{⑮⑦}

左朱雀之茇茇兮，^{⑮⑧}右苍龙之躣躣。^{⑮⑨}
属雷师之阗阗兮，^{⑯⓪}通飞廉之衙衙。^{⑯①}

前轻辌之锵锵兮，^{⑯②}后辎乘之从从。^{⑯③}
载云旗之委蛇兮，扈屯骑之容容。^{⑯④}

计专专之不可化兮,^⑯ 愿遂推而为臧。^⑯
赖皇天之厚德兮,还及君之无恙。

【注释】

① 气:天气。

② 萧瑟:草木萧条的现象。

③ 憭慄(liáolì,音聊力):哀怜;凄凉。

④ 泬(xuè,音谑)寥:清朗空旷貌。

⑤ 寂寥:虚静的样子。寂,无人声。

⑥ 潦(lǎo,音老):雨水。

⑦ 憯(cǎn,音惨)凄:悲痛,感伤。欻:叹息的样子。

⑧ 薄寒:微寒。中:伤。

⑨ 怆怳懭恨(kuànglǎng,音况朗):均为悲伤之意。怆怳,失意貌。懭恨,不得志,失意的样子。

⑩ 坎廪(kǎnlǐn,音砍凛):犹坎坷,本指道路不平,又喻遭遇不好,困顿,失意,不得志貌。

⑪ 失职:一说失去财物,一说失去官职。

⑫ 廓落:空寂。

⑬ 羁旅:寄居异乡。友生:朋友。

⑭ 廱廱(yōng,音庸):指雁的叫声。

⑮ 鹍(kūn,音昆)鸡:古代指像鹤的一种鸟。啁哳(zhāozhā,音昭扎):形容声音杂乱细碎。

⑯ 申旦:至天亮,自夜达旦,犹通宵。

⑰ 宵:夜。征:行。

⑱ 亹亹(wěi,音韦):行进貌。此处指时光的推移。过中:已过中

年，渐趋衰暮。

⑲ 有美一人：谓屈原。绎：解，抽出，理出头绪。

⑳ 焉：何，哪儿。薄：止。

㉑ 化：变。

㉒ 憺（dàn，音但）：忧虑。食事：吃饭做事。

㉓ 朅（qiè，音窃）：离去，去。

㉔ 结軨（líng，音零）：古代的车厢前面和左面、右面都有栏杆，即軨，栏杆纵横连接，故称结軨。

㉕ 潺湲：眼泪流淌的样子。轼：古代车前用以凭倚的横木。

㉖ 慷慨：激昂，愤激。绝：极，尽。

㉗ 瞀（mào，音貌）：错乱，心绪紊乱。

㉘ 怦怦：此处取忠诚貌。谅直：忠诚正直。

㉙ 懔：与"凛"同，寒。

㉚ 奄：忽然。离披：指叶子落尽，枝条疏散。梧楸：梧桐、楸树，皆早凋。

㉛ 昭昭：光明的样子。

㉜ 袭：因袭，入。悠悠：漫长的样子。

㉝ 芳蔼（ǎi，音矮）：芳菲繁茂，喻壮年。蔼，繁茂。

㉞ 萎约：萎靡而穷困。

㉟ 申：重。

㊱ 恢台：旺盛貌，广大貌。恢，大。

㊲ 欿傺（kǎnchì，音砍赤）：陷止，敛藏。

㊳ 荶（yū，音淤）邑：枯萎。

㊴ 烦挐（rú，音如）：牵缠，纷乱貌。

㊵ 颜：此处指草木的外表。淫溢：过度，过分。罢：通"疲"，毁，乏。

188

㊶柯：枝。彷佛：精神彷徨的样子。

㊷萷：同"梢"，树梢。櫹槮（xiāosēn，音消森）：叶已落，树木光秃而高耸的样子。

㊸销铄：销毁。瘀：血瘀，血败。

㊹纷糅：众多而杂乱。

㊺擥（lǎn，音览）：持。騑（fēi，音飞）：骖马。古代一车四马，中间的马叫"服"，两边的马叫"騑"或"骖"。下节：按节，按鞭停车。

㊻忽忽：迅速貌。遒：迫近。

㊼将：长，长久。

㊽恇攘（kuāngrǎng，音框嚷）：纷乱不安貌。

㊾澹容与：缓步。

㊿怵惕：恐惧警惕。

(51)卬：仰，仰望。太息：叹息。

(52)列星：众星辰。极：至。

(53)蕙：香草。华：花。曾：重叠。敷：布，引申为开花之意。

(54)旖旎（yǐnǐ，音以你）：盛美貌。都：大。

(55)曾华：重重叠叠的花。

(56)飏：飞扬。

(57)服：佩戴。

(58)闵：自伤。奇思：谓忠信。

(59)重：深念，反复地想。无怨：无罪。

(60)结轸：沉痛郁结。

(61)郁陶（yáo，音姚）：忧思积聚，愁思郁结貌。

(62)狺狺（yín，音银）：开口的样子，或曰犬吠声。

(63)关梁闭：比喻塞贤路。关梁，关口和桥梁。泛指水陆交通必经之处。

(64) 霖：久下不止的雨。

(65) 块：孤独貌。无泽：芜泽，荒芜的草泽。

(66) 工巧：善于取巧。

(67) 绳墨：指规矩、法度。错：置。

(68) 却：舍弃，拒绝。

(69) 驽骀（tái，音台）：驽马，劣马。

(70) 御：驾驶车马的人。

(71) 跼（jú，音局）跳：跳跃。

(72) 凫：野鸭。唼（shà，音煞）：鸟食。粱：米名。

(73) 凿：器物上的孔。枘（ruì，音锐）：榫头。

(74) 鉏铻（jǔyǔ，音举语）：互相抵触，格格不入。

(75) 遑遑：惊慌不安的样子。

(76) 衔枚：古代行军时，士兵口里衔着木条，以防止出声，此处形容闭口不言之意。

(77) 渥洽：深厚的恩泽。

(78) 相者：相马的人。举肥：谓相马只重其肥美。

(79) 伏匿：隐藏不露。

(80) 不处：不留处于朝廷之位。

(81) 骤：急速。服：驾车。

(82) 喂：饲养，喂养。

(83) 寂漠：静寂无声。绝端：断绝端绪。

(84) 冯（píng，音平）郁郁：愁心郁结。极：穷，尽。

(85) 交：更替，更迭。

(86) 济：成功。

(87) 雰：雪盛貌。糅：交杂貌。

(88) 遭命：遭遇的不幸命运。

⑧⑨ 泊：安静。莽莽：草木茂盛貌。

⑨⓪ 壅绝：阻塞断绝。

⑨① 厌：安于。按：止，抑。

⑨② 褊（biǎn，音扁）：狭小，狭隘。

⑨③ 申包胥：春秋时楚大夫，曾求秦助楚而泣之以血。

⑨④ 固：当作"同"，因形近而讹。

⑨⑤ 耿介：光明正大。不随：独立，不盲从。

⑨⑥ 媮（tōu，音偷）：苟且。

⑨⑦ 诗人：指《诗经》的作者。

⑨⑧ 素餐：不劳而食，无功受禄。此处为"不素餐"的意思。

⑨⑨ 充倔：同"充诎"，高兴自满，失去节度。充，盛满。

①⓪⓪ 靓：通"静"。杪（miǎo，音秒）秋：晚秋。杪，末。

①⓪① 缭悷：缠绕郁结。

①⓪② 逴逴（chuō，音戳）：愈走愈远貌。

①⓪③ 递来：交替更迭。

①⓪④ 俪偕：一并；同时存在。

①⓪⑤ 晼（wǎn，音宛）晚：太阳将落山的样子。

①⓪⑥ 遒：迫，迫近。

①⓪⑦ 怊（chāo，音抄）怅：惆怅。冀：希望。

①⓪⑧ 憯（cǎn，音惨）恻：凄怆，悲痛。

①⓪⑨ 洋洋：广远无涯。日往：一日日过去。

①①⓪ 嵺（liáo，音寥）廓：空旷高远貌。

①①① 亹亹（wěi，音伟）：行进，前进不息貌。觊（jì）：希望，企图。

①①② 猋（biāo，音标）：急速奔跑。

①①③ 霒（yīn，音因）：云遮覆日。曀（yì，音异）：阴风。

①①④ 不自聊：犹言不自量。

191

⑮ 默（dǎn，音胆）：污垢。

⑯ 抗行：高尚的德行。

⑰ 瞭冥冥：高远貌。薄：迫近。

⑱ 险巇（xī，音西）：艰难，此处谓险恶小人。

⑲ 黯黮（dàn，音但）：昏暗不明。

⑳ 胶加：纠缠无绪。

㉑ 裯（dāo，音刀）：短衣。晏晏：鲜艳华美。

㉒ 潢洋：尤浩荡、宽阔貌，形容衣带宽松披散的样子。

㉓ 骄美、伐武：自夸的样子。

㉔ 负：仗恃，依靠。

㉕ 愠惀（yùnlún，音运轮）：形容内心忠诚而不善言辞的样子。

㉖ 踥蹀（qièdié，音妾叠）：行进貌，此言奔走钻营貌。

㉗ 逾迈：过去，消逝。

㉘ 容与：闲散自得貌。

㉙ 多私：凡事多从私心出发。

㉚ 悼：悲痛。

㉛ 昧昧：昏暗不明貌。

㉜ 窜藏：逃匿躲藏。

㉝ 当：值，遇上。

㉞ 暗漠：昏暗貌。

㉟ 举任：举用贤能。

㊱ 谅：犹"诚"，确实。

㊲ 怵惕：惊惧，恐惧警惕。

㊳ 浏浏（liú，音刘）：水流貌，顺行无阻貌。

㊴ 强策：坚硬的马鞭子。

㊵ 介：甲，指铠甲。

⑭ 邅（zhān，音沾）：意为迂回不前。翼翼：谨慎严肃的样子。

⑭ 忳（tún，音屯）：忧愁貌。愍愍（mǐn，音敏）：郁闷。愁约：穷困而悲愁。约，穷困。

⑭ 过：过隙，形容时间短暂，光阴易逝。

⑭ 沉滞：隐匿。

⑭ 怐愗（kòumào，音扣茂）：愚昧，迷乱。

⑭ 莽洋洋：荒野辽阔貌。

⑭ 薄：止，停留。

⑭ 皇皇：遑遑，匆遽不安貌。索：寻求。

⑭ 宁戚：春秋时卫国人，传说他扣牛角而歌，齐桓公赏识他的才能，任他为大夫。讴：歌唱。

⑮ 罔：通“惘”，怅惘，失意。聊虑：深思。

⑮ 纷：盛貌。纯纯：意为诚挚的样子。

⑮ 被离：披离，纷乱貌。鄣：障，堵塞，阻碍。

⑮ 不肖：不才，不贤。此处为屈原自称之谦词。

⑮ 精气：指日月。抟抟（tuán，音团）：凝聚如一团。

⑮ 骛：追逐。湛湛（zhàn，音占）：深厚貌。

⑮ 习习：飞动的样子。

⑮ 丰丰：众多貌。

⑮ 茇茇（pèi，音沛）：飞舞翻动貌。

⑮ 躣躣（qú，音渠）：行进貌。

⑯ 属（zhǔ，音主）：跟随。雷师：雷神。阗阗（tián，音田）：形容声音洪大。

⑯ 飞廉：风神。衙衙（yú，音余）：行进貌。

⑯ 轻輬（liáng，音良）：轻而有窗的车。锵锵：车铃声。

⑯ 辎乘：重车。从从（zōng，音宗）：长貌。

⑯扈：扈从。屯骑：聚集的车辆。容容：盛多貌。

⑯计：心意。专专：专一。

⑯推：进。臧：善。

【评析】

　　王逸《楚辞章句》说："辩者，变也。谓陈道德以变说君也。九者，阳之数，道之纲纪也。故天有九星，以正机衡；地有九州，以成万邦；人有九窍，以通精明。"王夫之《楚辞通释》曾解释说："辩，犹遍也，一阕谓之一遍。盖亦效仿夏启《九辩》之名，绍古体为新裁，可以被之管弦。其词激宕淋漓，异于风雅，盖楚声也。"《九辩》本是流传在当时楚地的古代乐曲名。九，多指虚数。

　　关于本篇作者，王逸《楚辞章句·九辩序》曰：《九辩》者，楚大夫宋玉之所作也。……宋玉者，屈原弟子也，闵惜其师忠而放逐，故作《九辩》以述其志。"王逸认为，《九辩》是屈原弟子宋玉因悲悯屈原信而见疑忠而被谤的遭遇，假托屈原所作，以述屈原之志。明代以后，有人提出《九辩》为屈原所作，如焦竑《焦氏笔乘》认为，"《九辩》，余定以为屈原所自作无疑"，后来陈第、晁补之、吴汝纶以及今人梁启超、刘永济、蒋天枢等人皆赞同此观点，其理由可概括为四点：第一，《离骚》《天问》提及《九辩》时与《九歌》联系在一起；第二，《九辩》之内容是屈原自为悲愤之言；第三，《释文》次序《九辩》在《离骚》之后，《九歌》之前，而《离骚》《九歌》是屈原作品，因而《九辩》也应当是屈原著作；第四，曹植《陈审举表》引屈原"国有骥而不知乘兮，焉皇皇而更索"，此语出自《九辩》。

　　案《九辩》《九歌》是古乐名，《离骚》《天问》所言《九辩》《九歌》不是《楚辞》之《九辩》《九歌》，这是我们已明了的。屈原可以旧乐章作《九歌》，宋玉又未尝不可以《九辩》旧题作《九辩》新歌；屈原既作《九歌》，却未必需要再作《九辩》，这其中并不存在必然性的联系。至于《九辩》内容，既可以是屈原自悲，又何尝不可以是宋玉之悲屈原或自悲呢？《楚辞释文》次序不以作者为次，所以才需要改正成今日之貌，其编集，或以搜集到各篇目的先后为序，如汤炳正先生《楚辞成书之探索》一文所指出的那样，"反映出了《楚辞》一书的纂辑过程和纂辑者的主名。它证明了《楚辞》一书是由战国到东汉这一漫长的历史时期中经过很多人的陆续编纂辑补而成的"，并不能说明旧本《楚辞》次序可以反映作者问题。更何况《楚辞》成形，以刘向为最有贡献，刘向整理校勘《楚辞》，以《九辩》为第二，却仍以《九辩》为宋玉之作，一定有其充分理由。而曹子建以《九辩》之言为屈原语，只可能是曹植误记。游国恩先生指出引证错误，"是极平常的事"，如《论语·颜渊》子夏曰"死生有命，富贵在天"，而《论衡·问孔篇》误为孔子之言，即为明证。

为了能更好地表达悲悯屈原行为及赞赏屈原文辞的目的，也为了能够准确地表达屈原之志，宋玉大量地借用屈原作品的成句及意思。同时，《九辩》的抒情方式、章法结构、语言形式，不仅继承了屈原的传统，也有新的进步。《文心雕龙·辩骚》曰："《九辩》绮靡以伤情。"这是说《九辩》有美丽与感伤相交融之特征。《九辩》因秋兴感，结构回环，形式自由，以"悲哉！秋之为气也。萧瑟兮，草木摇落而变衰"起笔，通过对秋天的描写，通过对大自然的深刻观察与感受，运用声音、颜色、情调、感慨的交融，构成一种情景交融的艺术境界。这种意境的感伤是基于对屈原不幸遭遇的同情，因而同样具有一种反抗精神和不平情绪。这种把情绪与形象水乳交融的表现手法，以及细腻生动的描写，哀婉多变的语言，都是《诗经》乃至屈原辞所不具备的。

招　魂

宋玉

朕幼清以廉洁兮，^①身服义而未沫。^②
主此盛德兮，^③牵于俗而芜秽。

上无所考此盛德兮，长离殃而愁苦。^④

帝告巫阳曰：^⑤"有人在下，我欲辅之。
魂魄离散，汝筮予之！"^⑥

巫阳对曰："掌梦。^⑦上帝其难从。
若必筮予之，恐后之谢，^⑧不能复用。"

巫阳焉乃下招曰：^⑨魂兮归来！
去君之恒干，^⑩何为四方些？^⑪
舍君之乐处，而离彼不祥些！^⑫

魂兮归来！东方不可以托些。^⑬
长人千仞，^⑭惟魂是索些。
十日代出，^⑮流金铄石些。^⑯
彼皆习之，^⑰魂往必释些。^⑱
归来兮！不可以托些。

魂兮归来！南方不可以止些。

雕题黑齿，[19] 得人肉以祀，以其骨为醢些。[20]

蝮蛇蓁蓁，[21] 封狐千里些。[22]

雄虺九首，[23] 往来倏忽，[24] 吞人以益其心些。

归来兮！不可以久淫些。[25]

魂兮归来！西方之害，流沙千里些。[26]

旋入雷渊，爢散而不可止些。[27]

幸而得脱，其外旷宇些。

赤蚁若象，[28] 玄蜂若壶些。[29]

五谷不生，丛菅是食些。[30]

其土烂人，[31] 求水无所得些。

彷徉无所倚，[32] 广大无所极些。

归来兮！恐自遗贼些。[33]

魂兮归来！北方不可以止些。

增冰峨峨，[34] 飞雪千里些。

归来兮！不可以久些。

魂兮归来！君无上天些。

虎豹九关，[35] 啄害下人些。

一夫九首，拔木九千些。

豺狼从目，[36] 往来侁侁些。[37]

悬人以娭，[38] 投之深渊些。

致命于帝，[39] 然后得瞑些。[40]

归来！往恐危身些。

魂兮归来！君无下此幽都些。㊶
土伯九约，㊷其角觺觺些。㊸
敦脄血拇，㊹逐人駓駓些。㊺
参目虎首，㊻其身若牛些。
此皆甘人，㊼归来！恐自遗灾些。

魂兮归来！入修门些。㊽
工祝招君，㊾背行先些。㊿
秦篝齐缕，(51)郑绵络些。(52)
招具该备，(53)永啸呼些。
魂兮归来！反故居些。

天地四方，多贼奸些。(54)
像设君室，(55)静闲安些。
高堂邃宇，(56)槛层轩些。(57)
层台累榭，(58)临高山些。
网户朱缀，(59)刻方连些。(60)
冬有突厦，(61)夏室寒些。
川谷径复，(62)流潺湲些。
光风转蕙，(63)氾崇兰些。(64)
经堂入奥，(65)朱尘筵些。(66)

砥室翠翘，(67)挂曲琼些。(68)
翡翠珠被，(69)烂齐光些。
蒻阿拂壁，(70)罗帱张些。(71)

纂组绮缟，⑦结琦璜些。⑦

室中之观，多珍怪些。
兰膏明烛，⑦华容备些。⑦
二八侍宿，⑦射递代些。⑦

九侯淑女，⑦多迅众些。⑦
盛鬋不同制，⑩实满宫些。

容态好比，⑧顺弥代些。⑧
弱颜固植，⑧謇其有意些。⑧

姱容修态，絚洞房些。⑧
蛾眉曼睩，⑧目腾光些。⑧

靡颜腻理，⑧遗视眄些。⑧
离榭修幕，⑨侍君之闲些。

翡帷翠帐，⑨饰高堂些。
红壁沙版，⑨玄玉梁些。⑨

仰观刻桷，⑨画龙蛇些。
坐堂伏槛，临曲池些。
芙蓉始发，杂芰荷些。⑨
紫茎屏风，⑨文缘波些。⑨
文异豹饰，⑨侍陂陁些。⑨

轩辌既低，⑩步骑罗些。⑩

兰薄户树，⑩琼木篱些。⑩

魂兮归来！何远为些?

室家遂宗，⑩食多方些。

稻粢稗麦，⑩挐黄粱些。⑩

大苦咸酸，⑩辛甘行些。⑩

肥牛之腱，臑若芳些。⑩

和酸若苦，⑩陈吴羹些。⑪

腼鳖炮羔，⑫有柘浆些。⑬

鹄酸臇凫，⑭煎鸿鸧些。⑮

露鸡臛蠵，⑯厉而不爽些。⑰

粔籹蜜饵，⑱有餦餭些。⑲

瑶浆蜜勺，⑳实羽觞些。㉑

挫糟冻饮，㉒酎清凉些。㉓

华酌既陈，㉔有琼浆些。㉕

归来反故室，敬而无妨些。

肴羞未通，㉖女乐罗些。㉗

陈钟按鼓，造新歌些。

《涉江》《采菱》，发《扬荷》些。

美人既醉，朱颜酡些。㉘

娭光眇视，目曾波些。㉙

被文服纤，㉚丽而不奇些。㉛

长发曼鬋，㉜艳陆离些。㉝

二八齐容，起郑舞些。⑭
袿若交竿，⑮抚案下些。⑯
竽瑟狂会，⑰搷鸣鼓些。⑱
宫庭震惊，发《激楚》些。
吴歈蔡讴，⑲奏大吕些。⑳

士女杂坐，乱而不分些。
放陈组缨，⑪班其相纷些。⑫
郑卫妖玩，⑬来杂陈些。
《激楚》之结，独秀先些。⑭

菎蔽象棋，⑮有六博些。⑯
分曹并进，⑰遒相迫些。⑱
成枭而牟，⑲呼五白些。⑳
晋制犀比，㉑费白日些。㉒
铿钟摇簴，㉓揳梓瑟些。㉔

娱酒不废，沉日夜些。㉕
兰膏明烛，华镫错些。㉖
结撰至思，㉗兰芳假些。㉘
人有所极，㉙同心赋些。
酎饮尽欢，乐先故些。㉚
魂兮归来！反故居些。

乱曰：

献岁发春兮汩吾南征，^⑯
菉蘋齐叶兮白芷生。^⑯
路贯庐江兮左长薄，^⑯
倚沼畦瀛兮遥望博。^⑯
青骊结驷兮齐千乘，^⑯
悬火延起兮玄颜烝。^⑯
步及骤处兮诱骋先。^⑯
抑骛若通兮引车右还。^⑯
与王趋梦兮课后先。^⑯
君王亲发兮惮青兕，^⑰
朱明承夜兮时不可以淹。^⑰
皋兰被径兮斯路渐。^⑰
湛湛江水兮上有枫，^⑰
目极千里兮伤春心。
魂兮归来哀江南！

【注释】

① 朕：我。幼清：指年轻时品德清正。廉洁：清白高洁。

② 服：行。沫（mèi，音妹）：已，停止，磨灭。

③ 主：保持。盛德：指清、廉、洁、义等美德。

④ 离：同"罹"，遭遇。殃：祸患。

⑤ 帝：上帝，天帝。巫阳：古代神话中的女巫，名阳。

⑥ 筮（shì，音是）：古代一种用蓍草占卜的方法。予：同"与"。

⑦ 掌梦：掌管占梦的官。

⑧ 谢：去，一说萎落。

⑨ 巫阳焉乃下招：巫阳于是向下界招魂。焉乃，语助词，于是。

⑩ 恒干：指魂魄平常所依附的躯体。

⑪ 些（suò，音索，去声）：句尾语气词。

⑫ 离：同"罹"，遭遇。祥：善。

⑬ 托：寄托，托身。

⑭ 长人：指异常高大的东方巨人。仞：古代计量单位，七尺或八尺为一仞。

⑮ 十日：神话说东方的扶桑树上有十个太阳。代：更，交替。

⑯ 流金：金属熔化成流动的液体。铄（shuò，音硕）：销熔。

⑰ 彼：指东方的长人。习之：习惯那种酷热。

⑱ 释：融解消散。

⑲ 雕题：在额头上雕刻花纹。犹今之文身。雕，雕刻。题，额头。黑齿：把牙齿染黑，此指南方没有开化的野人。

⑳ 醢（hǎi，音海）：肉酱。

㉑ 蝮蛇：一种大而毒的蛇，身上有黑褐色斑纹。蓁蓁（zhēn，音真）：聚集在一起的样子。

㉒ 封狐：大狐狸。封，大。

㉓ 雄虺（huǐ，音毁）：凶恶的毒蛇。

㉔ 倏忽：迅速的样子。

㉕ 淫：久留，淹留。

㉖ 流沙：沙漠地带沙动如流水，故称流沙。

㉗ 靡（mí，音迷）：古同"糜"，烂，碎，粉碎。

㉘ 螘（yǐ，音以）：同"蚁"。

㉙ 玄蜂：黑蜂。壶：通"瓠"，瓠瓜，也叫葫芦，两头大，中间细，蜂的体形与之相似。

㉚ 蓻（cóng，音从）：古同"丛"，丛生。菅（jiān，音尖）：茅草。

㉛ 烂人：使人肉焦烂。

㉜彷徉：游荡无定。

㉝自遗贼：自取其害。遗，予，留。贼，害。

㉞增：同"层"。峨峨：高耸的样子。

㉟九关：指天门有九重。

㊱从目：竖着眼睛。从，同"纵"。

㊲侁侁（shēn，音深）：众多的样子。

㊳娭（xī，音吸）：游戏、玩乐。

㊴致命：请命。致，送。

㊵瞑：闭上眼睛，即死亡。

㊶幽都：指阴间的都城。阴间不见天日，故称"幽都"。

㊷土伯：地下魔怪之王。九约：言土伯的身体有九节。

㊸觺觺（yí，音疑）：锐利的样子。

㊹敦脄（méi，音眉）：隆起的背肉。敦，厚。脄，背脊肉。

㊺駓駓（pī，音丕）：形容野兽走路很快的样子。

㊻参目：三只眼睛。参，同"叁"，三的大写。

㊼甘人：以人肉为美味。甘，美。

㊽修门：郢都的城门。

㊾工祝：擅长祭祀祈祷的巫人。工，擅长。

㊿背行：倒退着走。

51秦篝（gōu，音沟）：秦国出产的竹笼。古代招魂的方法是巫人拿被招者的衣服，放在笼中，使魂魄有所栖止和依附。篝，竹笼。齐缕：齐国出产的线。缕，线。

52郑绵：郑国出产的绵。络：缚，缠绕。

53招具：招魂用的工具。该备：完备。该，古同"赅"，完备。

54贼奸：指凶恶害人的东西。

55像：仿照，模拟。按楚俗，人死则设其形貌于室而祀之。

(56) 邃：深远。宇：房屋。

(57) 槛：栏杆。层：重叠。轩：走廊。

(58) 层、累：重叠。台：台基。榭：在台上建造的亭子。

(59) 网户：门上镂空花格，像网眼一样。朱缀：用红色涂在格子上。

(60) 方连：互相连接的方形图案。

(61) 突（yào，音要）厦：结构深邃，不受外界侵袭的保暖的大屋。

(62) 川谷：溪流。径复：往来环绕。复，反，回抱。

(63) 光风：阳光和风。转：摇动。

(64) 氾（fàn，音泛）：漂浮，洋溢。崇：充，聚，指丛生。

(65) 奥：室内的西南角，此指内室。

(66) 朱：红色。尘：承尘，即帐幕或天花板。筵：竹席。

(67) 砥室：用光滑的石板砌墙铺地的屋子。砥，磨平的石板。翠翘：翡翠鸟的长尾羽，用作室内的装饰品。

(68) 曲琼：玉钩，用以悬挂衣服。

(69) 翡翠：鸟名，雄的毛色赤，叫做翡；雌的毛色青，叫做翠。

(70) 蒻（ruò，音若）：同“弱”，细软。阿：细缯，古代一种轻细的丝织品。拂壁：挂在壁上，如同后来的墙帏。

(71) 罗：古代一种丝织品。帱（chóu，音仇）：帐子。张：张挂，展开挂起。

(72) 纂组：带子。绮：有花纹的绸子。缟：白色的绸子。

(73) 琦：美玉。璜：半圆形的玉璧。

(74) 兰膏：用兰草炼的灯油。

(75) 华容：指美女。

(76) 二八：指大夫的女乐，两列，八人为一列。

(77) 射（yì，音异）：厌，倦。递代：依次替换。

(78) 九侯：列侯。指楚国境内封的列侯。淑：品德善良。

(79) 迅众：超群出众。迅，通“迿”，超出。

(80) 盛鬋（jiǎn，音简）：浓密的鬓发。鬋，鬓发。制：此指鬓发梳结的样式。

(81) 比：齐、并。

(82) 顺：通“洵”，真正。弥代：盖世，绝世。

(83) 弱颜：见人辄羞，俗称脸嫩。固植：坚贞，心志坚定。固，坚固。

(84) 謇：正直。有意：有情意。

(85) 緪（gēng，音耕）：周遍，贯穿。洞房：幽深的内室。

(86) 蛾眉：比喻女子的眉毛像蚕蛾的触角一样，又细又弯。曼：柔婉。睩（lù，音禄）：眼珠转动。

(87) 腾光：放光。

(88) 靡：细致。腻：柔滑细腻。理：皮肤的纹理。

(89) 遗视：流盼，含情而视。矊（mián，音棉）：形容含情脉脉的样子。

(90) 离榭：宫外的台榭。修幕：长而大的帐篷。

(91) 翡帷翠帐：绣着翡翠的帷帐。

(92) 红壁：用丹砂涂成的红色墙壁。沙版：以丹砂涂户板。

(93) 玄玉梁：用黑玉装饰的屋梁。玄，黑色。

(94) 桷（jué，音决）：方的屋椽。

(95) 芰：菱花。

(96) 屏风：一种水生植物，又叫凫葵，其茎紫色。

(97) 文：起波纹。缘：或作“绿”。

(98) 文异：指服装文采奇异。豹饰：以豹皮为衣饰。

(99) 陂：山坡。陁（tuó，音驼）：山冈。

(100) 轩：有篷的车。低：通“抵”，到达。

(101) 步骑：指步行和骑马的随从。罗：排列。

⑩ 薄：通"泊"，依附。

⑩ 琼木：玉树，此泛指名贵的树木。篱：篱笆。

⑩ 室家：犹言宗族。宗：众。

⑩ 粢（zī，音资）：稷的别名，即小米。穱（zhuō，音捉）：一种早熟的麦。

⑩ 挐（nú，音奴）：掺杂。黄粱：一种味香的黄小米。

⑩ 大苦：指苦味之甚者。

⑩ 辛：辣味。甘：甜味。行：用。

⑩ 臑（ér，音而）若：通"胹"，煮烂，烂熟。

⑩ 和：调味。若：与。

⑩ 吴羹：吴国肉汤。吴人善做羹，能调和酸苦使之得中。

⑩ 胹（ér，音而）：煮烂。炮：用火烤。

⑩ 柘（zhè，音这）浆：甘蔗汁。柘，甘蔗。

⑩ 鹄酸：即酸鹄，加醋烹制的天鹅肉。鹄，天鹅。臇（juǎn，音卷）：少汁的羹。凫：野鸭。

⑩ 鸿：雁。鸧（cāng，音苍）：水鸟名，像雁，苍黑色。

⑩ 露鸡：悬在室外以风干之鸡。臛（huò，音或）：肉羹。蠵（xī，音西）：大海龟。

⑩ 厉：浓烈。爽：汤变质。

⑩ 粔籹（jùnǚ，音巨女）：用蜜和米面煎熬出来的食品。饵：一种用米粉做的糕，里面有蜜。

⑩ 饴餭（zhānghuáng，音张黄）：饴糖。

⑩ 瑶浆：像玉一样透明的美酒。勺：调和。

⑫ 实：装满。羽觞：古代的一种酒杯，鸟形，鸟是羽类，所以叫羽觞。

⑫ 挫：除掉。糟：酒糟。

207

⑫ 酎（zhòu，音宙）：醇酒。

⑭ 华酌：雕饰有花纹的酒斗。酌，从酒樽中提酒用的酒斗。

⑮ 有：劝人进食，有请。琼浆：纯浓的酒。

⑯ 肴：肉菜。羞：美味的食物。通：遍。

⑰ 女乐：女子歌舞乐队。

⑱ 酡（tuó，音驮）：因喝醉而面红。

⑲ 曾波：层叠的水波。曾，同"层"，重。

⑬⓪ 被：披。文：指有花纹的绮绣衣裳。服：穿。纤：指用细软的罗
縠制成的衣裳。

⑬① 不奇：指美观大方。

⑬② 曼：美，柔美。鬋（jiǎn，音捡）：鬓发。

⑬③ 陆离：形容光彩绚丽的样子。

⑬④ 郑舞：郑国的舞蹈。

⑬⑤ 衽（rèn，音认）：衣襟。交竿：交叉的竹竿。

⑬⑥ 抚案下：手抵着几案而徐下。案，桌子。

⑬⑦ 竽：古代的一种管乐器，笙类，三十六簧。瑟：古代的一种弦乐
器，二十五弦。狂会：指乐器竞奏。

⑬⑧ 搷（tián，音田）：急击，敲击。

⑬⑨ 吴、蔡：都是古代地名。歈（yú，音余）、讴：歌。

⑭⓪ 大吕：乐调名，六律之一。

⑭① 组缨：古代系冠的丝带。

⑭② 班：布、放。纷：杂乱。

⑭③ 妖玩：指妖艳的美女。

⑭④ 独秀先：秀异而出众。

⑭⑤ 菎（kūn，音昆）蔽：博戏用的饰玉的筹码。菎，"琨"的假借字，
玉的一种。

⑭六博：古代的一种棋戏，共六个筹码，十二个棋子，每人掌握六个棋子，两人对下，以决胜负。

⑭曹：偶，相对的两方。

⑭道：急。相迫：互相争胜。

⑭枭（xiāo，音消）：古代博戏中的一种采名。幺为枭，六为卢。晋谢艾曰："枭，邀也。六博得邀者胜。"牟：胜。

⑮五白：指五颗骰子组成的一种特采，走棋时双方掷骰子都希望出现五白求胜，所以大呼五白。

⑮犀比：集犀角作为雕饰。比，集。

⑮赍：光耀。

⑮铿：撞击。簴（jù，音具）：挂钟的木架。

⑭揳（jiá，音颊）：弹奏。梓瑟：用梓木做的瑟。梓，树名。

⑮沉：沉湎。

⑮华：光华。镫：置烛之物。错：通"措"，置放。

⑮结撰：结构撰述，指酒后作诗。至思：用心。

⑮兰芳：指诗歌华美的辞藻。假（gé，音格）：大，美好。

⑮极：尽，指善。

⑯先：祖先。故：故旧。

⑯献岁：进入新的一年。发春：开春。汩（yù，音玉）：走路急速的样子。征：行。

⑯菉（lù，音绿）：通"绿"，绿色。齐叶：叶子整齐。

⑯左：江的左岸。长薄：大片草丛处。

⑭沼：水池。畦：成区的田。瀛（yíng，音赢）：大泽。

⑭骊（lí，音离）：黑色。骊：四匹马，古代四马驾一车。

⑯悬火：挂起灯火。延起：火焰连延而起。古人打猎，用火烧山林，以逐野兽。烝（zhēng，音蒸）：火气上升。

⑯步：徒步的从猎者。骤：乘马奔驰。处：停止。

⑱抑：勒住马。骛：奔驰。若：顺。

⑲趋：急走。梦：梦泽，也叫云梦泽，古代的一个大湖。在今湖北省境内，已湮塞。课：考察，比较。

⑰兕：古代一种似牛的野兽。

⑰朱明：指太阳。承：连续。淹：久留。

⑰皋兰（gāo，音高）：水边生的兰草。皋，水边。被：覆盖。渐：淹没。

⑰湛湛：水清的样子。

【评析】

"招魂"本是古代民间神巫祭祀活动的一种，在楚国十分盛行。朱熹《楚辞集注》曰："古者人死，则使人以其上服升屋履危，北面而号曰'皋！某复'，遂以其衣三招之乃下以覆尸，此礼所谓复也。……而荆楚之俗，乃或以是施之生人。"

关于本篇作者及主题，王逸《楚辞章句·招魂序》曰："《招魂》者，宋玉之所作也。……宋玉怜哀屈原忠而斥弃，愁满山泽，魂魄放佚，厥命将落，故作《招魂》，欲以复其精神，延其年寿，外陈四方之恶，内崇楚国之美，以讽谏怀王，冀其觉悟而还之也。"王逸认为，《招魂》是宋玉所作，但因司马迁在《史记·屈原贾生列传》有"余读《离骚》《天问》《招魂》《哀郢》，悲其志"的话，虽然司马迁并没有明确说《招魂》是屈原的作品，但后人依据司马迁提供的线索，纷纷肯定《招魂》的作者是屈原，从而衍生出一系列说法，如"屈原自招说"（林云铭《楚辞灯》）、"屈原招怀王生魂说"（吴汝纶《古文辞类纂评点》）、"屈原招怀王亡魂说"（张裕钊《古文辞类纂批语辑存》）、"屈原招顷襄王说"（方东树《昭昧詹言·解招魂》）等。

事实上，司马迁关于读《招魂》而悲屈原之志的说法，是不足以成为本篇作者为屈原的证据的，因为司马迁只说"余读……《招魂》，悲其志"，并非明言《招魂》是屈原所作；而宋玉为招屈原之魂而作《招魂》，《招魂》当然也可体现屈原之志。这也是前贤早已指出过的。清人王邦采在《屈子杂文笺略》中说："即谓读玉之文，而悲原之志，何不可者？"宋玉招屈原之魂，当然是由于怜悯屈原遭遇，同情屈原之志，所以在《招魂》时，呼唤屈原魂兮归来，恢复神志。宋玉代屈原招魂，要使屈原之魂附体，当然要用第一人称，就如司马相如《长门赋》常以"佳人""妾人"为自称一般。《长门赋》是司马相如为孝武陈皇后所作，"以悟主上"，当然其中有陈皇后之志，此与《招魂》有屈原之志相类，所不同的是陈皇后曾"奉黄金百斤，为相如文君取酒"，宋玉却唯有一片同情心作动力。刘向是一位博学的学者，王逸是楚辞专家，他们二人当然都是读过《史记·屈原贾生列传》的，他们应该是注意到司马迁"余读《离骚》《天问》《招魂》《哀郢》，悲其志"一语，却并不改正《招魂》的作者，这只能说明他们有可靠根据证明《招魂》是宋玉所作，也知道宋玉《招魂》体现了屈原之志，因而对司马迁的话并不置一词。因此，我们实在没有必要怀疑刘向、王逸等楚辞专家之言，而以也许并不是司马迁本意的曲解为圭臬。

　　如朱熹说，人死后，魂魄离散，招魂乃为求其复生，而人生在世，也有失魂落魄的时候，因此招魂亦可以招生人之魂，未必一定是招死人之魂。《招魂》即是宋玉为招屈原生魂所作。屈原在被疏远放逐之后，行为与平常大异，"游于江潭，行吟泽畔，颜色憔悴，形容枯槁""心烦虑乱，不知所存""被发行吟泽畔"，屈原的形象历来是高洁的，注重外表的，"被发行吟"与他一向好修的仪容格格不入，已经无异于狂人。屈原当然不会是真发狂，而是假装发狂，但外人却不知道。宋玉以为屈原是丢掉了魂魄，真的变成了狂人，疯癫而失去常性，对他充满了同情，便要为他招回已失去的魂魄，以使他恢复常性常形。宋玉代屈原招魂，要使屈原之魂附体，于是就使用了第一人称。

《招魂》开篇叙述了自己清白廉洁，坚守好品德反被诬陷的不幸遭遇。接着设想出天帝与巫阳的对话，天帝想帮助这个人，于是让巫阳替他招魂。巫阳开始招魂，他说："去君之恒干，何为四方些？舍君之乐处，而离彼不祥些？"魂魄啊，你为什么离开身体，去四方流浪漂泊？为什么离开祖国，遭遇那些不祥的东西？这一句可以说是接下来的招魂词的总括。紧接着，巫阳"外陈四方之恶，内崇楚国之美"，先陈述了东、西、南、北、天上、地下的不好，再依次从居室、饮食、歌舞、博弈、狂欢五个方面描述了楚国的美好，以此形成强烈的对比，希望能让亡魂早日回归。

《招魂》在以虚构为基础的铺陈中，运用强烈的美丑善恶对比之方法，描写了东西南北天地的恐怖与邪恶，而对楚之描写，又极尽优美舒适。楚国的居室华丽、风景美好，更兼侍宿美女众多，美女姿态闲雅，情意缠绵，侍于身侧，陈乐而歌，对酒而食。这种细腻入微、传神精致的铺排描写，夸张而富戏剧性，把陈设的华丽、生活的奢华、美人的艳丽美好，栩栩如生地呈现在我们眼前。《招魂》最后回归现实，描写了江南的美好风景，抚今思昔，哀求魂魄归来。

全篇结构、内容浑然一体，在创作手法上开启汉大赋之先声，即便纵观中国文学史数千年长河，《招魂》也留下了浓墨重彩的一笔。唐代奇才诗人李贺说："宋玉赋当以《招魂》为最幽秀奇古，体格较骚一变。""幽秀奇古"四字，则最恰当地概括了《招魂》那种耀艳深华的奇气艳采。

大　招

屈原或景差

青春受谢，^①白日昭只。^②
春气奋发，万物遽只。^③
冥凌浃行，^④魂无逃只。
魂魄归徕！^⑤无远遥只。

魂乎归徕！
无东无西，无南无北只。

东有大海，溺水㳁㳁只。^⑥
螭龙并流，^⑦上下悠悠只。^⑧
雾雨淫淫，^⑨白皓胶只。^⑩
魂乎无东！汤谷宗寥只。^⑪

魂乎无南！
南有炎火千里，蝮蛇蜒只。^⑫
山林险隘，虎豹蜿只。^⑬
鰅鳙短狐，^⑭王虺骞只。^⑮
魂乎无南！蜮伤躬只。^⑯

魂乎无西！
西方流沙，漭洋洋只。^⑰

豕首纵目，^⑱ 被发鬤只。^⑲
长爪踞牙，^⑳ 诶笑狂只。^㉑
魂乎无西！多害伤只。

魂乎无北！
北有寒山，逴龙赩只。^㉒
代水不可涉，^㉓ 深不可测只。
天白颢颢，^㉔ 寒凝凝只。^㉕
魂乎无往！盈北极只。^㉖

魂魄归徕！闲以静只。
自恣荆楚，^㉗ 安以定只。
逞志究欲，^㉘ 心意安只。
穷身永乐，^㉙ 年寿延只。
魂乎归徕！乐不可言只。

五谷六仞，^㉚ 设菰粱只。^㉛
鼎臑盈望，和致芳只。^㉜
内鸧鸽鹄，^㉝ 味豺羹只。^㉞
魂乎归徕！恣所尝只。

鲜蠵甘鸡，和楚酪只。^㉟
醢豚苦狗，^㊱ 脍苴蒪只。^㊲
吴酸蒿蒌，^㊳ 不沾薄只。^㊴
魂兮归徕！恣所择只。

炙鸹烝凫，⁴⁰黏鹑赚只。⁴¹
煎鲭臛雀，⁴²遽爽存只。⁴³
魂乎归徕！丽以先只。⁴⁴

四酎并孰，⁴⁵不涩嗌只。⁴⁶
清馨冻饮，⁴⁷不歠役只。⁴⁸
吴醴白蘖，⁴⁹和楚沥只。⁵⁰
魂乎归徕！不遽惕只。⁵¹

代秦郑卫，⁵²鸣竽张只。
伏戏《驾辩》，⁵³楚《劳商》只。⁵⁴
讴和《扬阿》，⁵⁵赵箫倡只。⁵⁶
魂乎归徕！定空桑只。⁵⁷

二八接舞，投诗赋只。⁵⁸
叩钟调磬，⁵⁹娱人乱只。⁶⁰
四上竞气，⁶¹极声变只。⁶²
魂乎归徕！听歌撰只。⁶³

朱唇皓齿，嫭以姱只。⁶⁴
比德好闲，⁶⁵习以都只。⁶⁶
丰肉微骨，调以娱只。⁶⁷
魂乎归徕！安以舒只。

嫣目宜笑，⁶⁸娥眉曼只。
容则秀雅，⁶⁹稺朱颜只。⁷⁰

魂乎归徕！静以安只。

姱修滂浩，⑦ 丽以佳只。⑫
曾颊倚耳，⑬ 曲眉规只。⑭
滂心绰态，⑮ 姣丽施只。⑯
小腰秀颈，若鲜卑只。⑰
魂乎归徕！思怨移只。⑱

易中利心，⑲ 以动作只。
粉白黛黑，⑳ 施芳泽只。
长袂拂面，㉑ 善留客只。
魂乎归徕！以娱昔只。

青色直眉，㉒ 美目媔只。㉓
靥辅奇牙，㉔ 宜笑嘕只。㉕
丰肉微骨，体便娟只。㉖
魂乎归徕！恣所便只。㉗

夏屋广大，沙堂秀只。㉘
南房小坛，观绝霤只。㉙
曲屋步壛，㉚ 宜扰畜只。㉛
腾驾步游，㉜ 猎春囿只。㉝

琼毂错衡，㉞ 英华假只。㉟
菎蔽桂树，郁弥路只。㊱
魂乎归徕！恣志虑只。㊲

216

孔雀盈园，畜鸾皇只。[98]
鹍鸿群晨，[99] 杂鹙鸧只。[100]
鸿鹄代游，[101] 曼鹔鹕只。[102]
魂乎归徕！凤皇翔只。

曼泽怡面，[103] 血气盛只。
永宜厥身，保寿命只。
室家盈廷，[104] 爵禄盛只。
魂乎归徕！居室定只。[105]

接径千里，[106] 出若云只。[107]
三圭重侯，[108] 听类神只。[109]
察笃夭隐，[110] 孤寡存只。[111]
魂兮归徕！正始昆只。[112]

田邑千畛，[113] 人阜昌只。[114]
美冒众流，[115] 德泽章只。[116]
先威后文，[117] 善美明只。
魂乎归徕！赏罚当只。

名声若日，照四海只。
德誉配天，万民理只。[118]
北至幽陵，[119] 南交阯只。[120]
西薄羊肠，[121] 东穷海只。[122]
魂乎归徕！尚贤士只。[123]

发政献行，^⑫禁苛暴只。
举杰压陛，^⑫诛讥罢只。^⑫
直赢在位，^⑫近禹麾只。^⑫
豪杰执政，流泽施只。^⑫
魂乎徕归！国家为只。^⑬

雄雄赫赫，^⑬天德明只。^⑬
三公穆穆，^⑬登降堂只。^⑬
诸侯毕极，^⑬立九卿只。^⑬
昭质既设，^⑬大侯张只。^⑬
执弓挟矢，揖辞让只。^⑬
魂乎徕归！尚三王只。^⑭

【注释】

① 青春：即春天。受谢：犹代谢，谓冬天谢去，春天接着来临。

② 昭：明亮。只：句尾的语气词。

③ 遽：犹言竞争。

④ 冥凌：于幽暗中升空而去。冥，幽暗。浃行：即遍地行走，四处游荡。

⑤ 魂魄：指附于人体的精神灵气。徕：来。

⑥ 溺水：很深的水。浟浟（yóu，音油）：水流的样子。

⑦ 并流：即并行，行之状如流水。

⑧ 悠悠：形容龙在海中自在游动的样子。

⑨ 淫淫：阴雨连绵的样子。

⑩ 皓胶：指雾雨茫茫无际，如同凝固在天空一样。

⑪汤谷：即旸（yáng，音扬）谷，古人认为这里是日出之地。宋（jì，音寂）：即"寂"，形容无人之境。

⑫蜒（yán，音延）：蜿蜒爬行。

⑬蜿：虎行走的样子。

⑭鳎鳙（yúyōng，音鱼庸）：传说中的怪鱼。短狐：传说中的鬼怪。

⑮王虺（huǐ，音悔）：即大蛇。骞（qiān，音牵）：把头昂起的样子。

⑯蜮（yù，音育）：传说中一种在水里暗中害人的怪物。

⑰漭（mǎng，音莽）：形容水广阔无边的样子。洋洋：无边无际的样子。

⑱豕（shǐ，音使）首：即猪头。豕，猪。纵目：指竖目。

⑲髼（ráng，音瓤）：指头发乱的样子。

⑳踞（jù，音据）：即"锯"，形容牙齿锐利。

㉑诶（xī，音兮）：强笑。

㉒逴（zhuó，音浊）龙：山名。婍（xì，音细）：红色。

㉓代水：指神话中的水名。涉：渡河。

㉔颢颢（hào，音浩）：洁白光亮的样子。此指冰雪。

㉕凝凝：形容水结冰的样子。

㉖盈北极：指冰雪充满了北极。盈，满。北极，极北之地。

㉗自恣：自由任意，不受约束。

㉘逞志：快心，称愿。究欲：充分满足欲望。究，尽。欲，欲望。

㉙穷身：终身。

㉚五谷：稻、稷、麦、豆、麻，此处泛指百谷。六仞：泛指多。

㉛设：即施。此处是用来做饭。菰（gū，音姑）粱：即茭白，一种蔬菜类植物，秋天结实如米，用来做饭，味极香。

㉜和致芳：指食物调理得很香。

㉝ 内："肭"的借字，肥。鸧（cāng，音苍）：鸟名。

㉞ 味豺羹：指调和豺肉的汤。味，调味。

㉟ 酪：乳浆。

㊱ 醢豚：即猪肉酱。醢，用肉制成的酱。苦狗：指有苦味的狗肉。

㊲ 脍（kuài，音快）：细切。苴莼（jūchún，音居纯）：一种蔬菜类植物，梗有黏液，可以做羹。

㊳ 吴酸：吴地所产的醋。酸，这里用作动词。蒿蒌：植物名。

㊴ 沾：多汁。薄：无味。

㊵ 炙：烤。鸹（guā，音瓜）：老鸹，即乌鸦。烝（zhēng，音蒸）：蒸。

㊶ 煔（qián，音前）：指将食物放入汤中煮熟。敶：通"陈"，陈列众味。

㊷ 鲫（jí，音急）：一种鱼名。臛（huò，音获）雀：炒雀肉。臛，带汁的肉，此处用作动词。

㊸ 遽：趣。爽：差，错。

㊹ 丽：华美，此处指美味。

㊺ 四酎（zhòu，音宙）：醇酒，经过四次重酿的酒。并：同，俱。

㊻ 不歰嗌（sèyì，音色益）：指不涩人的喉咙。

㊼ 馨：散播很远的香气。

㊽ 歠（chuò，音啜）：饮。役：用。

㊾ 醴：一种隔夜发酵的酒。蘖（niè，音涅）：米曲。

㊿ 沥：清酒。

(51) 不遽惕：无忧惧也。遽：慌遽。惕：怵惕。

(52) 代秦郑卫：指代、秦、郑、卫四国的乐章。

(53) 伏戏：即伏羲，古帝王。《驾辩》：古乐曲名。

(54)《劳商》：古乐曲名。相传，伏戏氏造《驾辩》之曲，楚人因之作《劳商》之歌。

㊺讴：无伴奏歌唱。《扬阿》：楚歌曲名。

㊻赵箫：指赵国的洞箫。箫，乐器名。

㊼定：调定乐曲之音调。空桑：乐器名。

㊽投诗赋：指舞步与诗歌的节奏相配合。投，指投足踏拍。

㊾钟、磬：乐器名。

㉖乱：理，曲终乐章。

㉑四上：以上四国，代、秦、郑、卫。竞气：竞比音乐之美。

㉒极声变：穷极声调之变化。

㉓听歌撰：谓欣赏体会歌曲所表达的含意。撰，陈述。此歌撰俱指歌。

㉔嫭（hù，音户）、姱：都是美的意思。

㉕比德：比其才德。好闲：美好闲雅。

㉖习：指习于礼节。都：美。

㉗调：体态调和。娱：神情悦乐。

㉘嫮（hù，音户）：同"嫭"，美好。

㉙容则：犹容典，礼容之典则，仪表。

㉺稺（tí，音提）：幼，娇嫩。

㉻修：长，此指身高。滂浩：广大。此指心意。

㉼丽：附依。佳：善。

㉽曾颊：指面容丰满，下巴都叠在一起了。倚耳：指两耳贴在头侧面。

㉾曲眉规：指眉毛很弯，像半圆一样。规，弧形。

㉿滂心：即情感丰富。滂，犹广。绰态：含情不尽之姿态。绰，多。

⓭姣：好。施：发出的动作。

⓮鲜卑：大腰带。

221

㊆ 思怨移：可以排遣思怨，乐以忘忧。移，去。

㊆ 易中：和悦其心。易，犹顺。中，内心。利心：心意和利，和顺之心。

㊆ 粉白：涂粉而面白。黛黑：画黛而眉黑。

㊆ 袂：衣袖。拂面：掩遮脸面，表示娇羞之态。

㊆ 青色：指眼眉。直：平直。谓黑色的眉毛平直连在一起。

㊆ 姢（mián，音棉）：眼睛美。

㊆ 靥（yè，音叶）辅：颊边微窝，俗称酒窝。奇牙：指牙齿长得很美。

㊆ 嘕（xiān，音仙）：巧笑。

㊆ 便娟：美好的样子，谓身材美好轻盈。

㊆ 便：合宜。

㊆ 沙堂：用丹砂涂的厅堂。秀：异。

㊆ 观：楼房。绝霤（liù，音六）：超过屋宇，形容楼观之高。霤，屋宇。

㊈ 曲屋：即楼与楼之间的架空复道。步壛（yán，音言）：长廊。

㊈ 扰畜：驯养禽兽。此指驯养马。扰，读如"饶"，即驯。

㊈ 腾驾：车马奔驰。步游：行游。

㊈ 春囿：春季围猎之场地。

㊈ 琼毂：用玉装饰车毂。错衡：指用金银装饰车上的横木。错，装饰。衡，车辕前端之横木。

㊈ 假：大。

㊈ 郁：丛生貌。弥：满。

㊈ 恣志虑：任心志之所欲。

㊈ 畜：养。鸾皇：鸾鸟、凤凰。

㊈ 鹍（kūn，音昆）：一种鸟名。形状像鹤，红嘴长颈，黄白色羽

毛。鸿：一种水鸟名。略大于雁，古文中多指天鹅。晨：指晨鸣。

⑩ 鹙鸧（qiūcāng，音秋苍）：一种水鸟名。头秃，又叫秃鹙，长颈，黑色羽毛，喜吃鱼、蛇。

⑩ 鸿鹄：天鹅。代游：往来游戏。

⑩ 曼：曼衍。指鸟陆续飞的样子。鹔鹴：（sùshuāng，音肃霜）：水鸟名，俊鸟。

⑩ 曼泽：细腻丰润。怡面：面色红润光泽。

⑩ 室家：指宗族。或曰兄弟。盈廷：满朝廷。

⑩ 居室定：住在家中极其安定。

⑩ 接径：即径接，道路连接。

⑩ 出若云：言人多，其出如云。

⑩ 三圭重侯：皆指爵位的等次。圭，乃重臣所执。

⑩ 听类神：像神明一样听察。

⑩ 笃：厚。夭：早死，夭折。隐：幽蔽。

⑪ 存：恤问，劳问。

⑫ 正始昆：犹定先后。

⑬ 田邑：田野和都邑。千畛（zhěn，音枕）：言疆域辽阔。畛，田间的道路。

⑭ 阜（fù，音复）昌：富裕昌盛。

⑮ 美：指美好的教化，美政。冒：覆，引申为遍及。众流：指广大人民。

⑯ 章：显明。

⑰ 威：武。

⑱ 理：治理得很好。

⑲ 幽陵：古地名。在今河北省北部与辽宁省南部一带地区。

⑳ 交阯：指古代南方地名，在今越南一带。

㉑ 羊肠：山名。

㉒ 穷：极，尽。

㉓ 尚：举。

㉔ 发政：发布政令。献行：进用有德行的人。

㉕ 压陛：镇抚朝廷。指举用贤杰，使之居于朝廷。

㉖ 诛：责退。讥罢：众人讥诮的无能者。

㉗ 直赢：正直而才能有余的人。赢，余。

㉘ 禹：即夏禹。

㉙ 流泽施：恩泽施及众庶。

㉚ 为：治理。

㉛ 雄雄：威势盛大貌，指国家的军力。赫赫：显著盛大的样子，指国家的名声。

㉜ 天德：指楚王德配天地。

㉝ 三公：古代官职，指太师、太傅、太保。穆穆：和睦互相尊重的样子。

㉞ 登降：出入。堂：朝廷，朝堂。

㉟ 毕极：都来，此谓诸侯朝聘。

㊱ 九卿：古代官职，此指周朝九卿，即少卿、少傅、少保、冢宰、司徒、宗伯、司马、司寇、司空。

㊲ 昭质：光明之质。

㊳ 侯：布做的箭靶。张：设。

㊴ 揖辞让：互相推让。古时射箭之礼，参加比赛者，都手持弓箭互相辞让。

㊵ 尚三王：指为政取法三王。

【评析】

《大招》与《招魂》一样，也是一篇"招魂词"，且二者在结构、内容方面也大体相似。

王逸《楚辞章句》说："《大招》者，屈原之所作也。或曰景差，疑不能明也。屈原放流九年，忧思烦乱，精神越散，与形离别，恐命将终，所行不遂，故愤然大招其魂，盛称楚国之乐，崇怀、襄之德，以比三王，能任用贤，公卿明察，能荐举人，宜辅佐之，以兴至治，因以风谏，达己之志也。"王逸虽表示《大招》的作者也可能是景差，但其序文显然是从屈原自招其魂的角度来讨论《大招》内容的。此后，林云铭虽袭其《大招》乃屈原所作之说，但并不以自招其魂视之，其《楚辞灯》说："余谓原自放流以后念念不忘怀王，冀其生还楚国，断无客死归葬，寂无一言之理。骨肉归于土，魂魄无不之。人臣以君为归，升屋履危，北面而皋，自不能已。特谓之大，所以别于自招，乃尊君之词也。"林云铭认为《大招》为屈原招怀王之魂而作，后来吴世尚《楚辞疏》、蒋骥《山带阁注楚辞》、屈复《楚辞新注》、陈本礼《屈辞精义》等皆因袭此种看法。吴汝纶《古文辞类纂评点》在说《大招》之时指出："此宜为招屈子之辞。……殆依仿《招魂》而为之者。"吴汝纶肯定《大招》为招屈原魂而作，并说《大招》似仿《招魂》，故非屈原所作。朱熹《楚辞集注》通过将宋玉《大言赋》《小言赋》中景差之言与《大招》之言相类比，提出二者具有一致性，因此"乃知此篇决为差作无疑也"，肯定《大招》为景差所作。这种证据虽不一定可靠，但他的结论无疑是正确的。

关于景差，现存记载很少，最早的文献也是司马迁《史记·屈原贾生列传》中的那句话："屈原既死之后，楚有宋玉、唐勒、景差之徒者，皆好辞而以赋见称；然皆祖屈原之从容辞令，终莫敢直谏。"根据司马迁所言，景差也是屈原之后的辞赋家，他在政治上虽不能"直谏"，但在艺术上的"从容辞令"，与屈原并没有不同。

在写作手法方面，《大招》与《招魂》一样，在铺排了四方之险恶以后，言及楚国之盛，土地财富，宫室饮食之乐，而尤极力刻画声色之娱，希望二者形成巨大反差，吸引在外飘荡的魂魄归来。篇中先以大量铺陈排比的句子展开描写，从东南西北四个方面写外境的险恶：东方海水滔滔，寂寞无聊；南方炎热无比，毒蛇猛兽；西方大漠流沙，野猪狂笑；北方冰天雪地，阴森恐怖。后以"魂乎归徕，乐不可言只"两句，领起下文，分别从饮食、歌舞、美女、宫苑等方面描写了楚国的美好：荆楚不但居室、饮食、宴乐无不精美，更有美人窈窕，深情缱绻。其写美女，曲尽神态颜色的妩媚生动。这些描写，与《招魂》有异曲同工之妙。

《大招》与《招魂》既有相似处，也有自己的鲜明特色。在写法上，它的句式更趋整齐，与《诗经》四言句式较为接近，因而语言带有古拙之风。在内容上，《大招》只写东西南北四方，而不写天上地下。尤其在后半部分，对楚国遵法守道、举贤授能、崇尚三王的描写，就是屈原理想中的美政，以贤能执政、重德施仁、崇尚三王之礼的政治理想"招魂"，这种立足现实的人生态度，与《招魂》信巫重祀的民歌之风迥然不同，更具典型的文人化的风格。《大招》中描写屈原的美政思想，同时也使得此篇为景差招屈原生魂这一说法更加可信。